低音区

兰采勇 —— 著

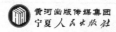
黄河出版传媒集团
宁夏人民出版社

图书在版编目（CIP）数据

低音区 / 兰采勇著. -- 银川：宁夏人民出版社，
2022.8

ISBN 978-7-227-07650-6

Ⅰ.①低… Ⅱ.①兰… Ⅲ.①诗集 - 中国 - 当代
Ⅳ.①I227

中国版本图书馆CIP数据核字（2022）第149934号

低音区　　　　　　　　　　　　　　　兰采勇　著

责任编辑　杨敏媛
责任校对　陈　晶
封面设计　燕　子
责任印制　马　丽

黄河出版传媒集团　宁夏人民出版社　出版发行

出版人　薛文斌
地　址　宁夏银川市北京东路139号出版大厦（750001）
网　址　http://www.yrpubm.com
网上书店　http://www.hh-book.com
电子信箱　nxrmcbs@126.com
邮购电话　0951-5052104　5052106
经　销　全国新华书店
印刷装订　成都市兴雅致印务有限责任公司
印刷委托书号　（宁）0024349

开本　880 mm×1230 mm　1/32
印张　6.5
字数　120千字
版次　2022年8月第1版
印次　2022年8月第1次印刷
书号　ISBN 978-7-227-07650-6
定价　58.00元

CONTENTS | 目录

第一辑　尘埃曲

第三辑　叹云兮

第一辑　尘埃曲

沉默的村庄

不是每一条路都能畅通无阻
铤而走险，也会止步于杂草和苔藓

不是每一座房子都拥有一日三餐
柴火堆在屋檐下，缺一个释放的打火机

石磨磨平了最后一瓣牙齿
坍塌的墙体被青蒿挤占了位置
儿时种下的树苗已成大树
我有足够的体力，却没有足够的农事

落日凄美地照着过去，迎接脚步的
是各自的沧桑。在沉默面前，我无法选择沉默
要让记忆开口说话，首先得拥有记忆
身边缺一个聆听或同病相怜的人

村庄留不住你

在这里略做停顿
留下一串寒暄和祝福
你就把背影交付给村头的老槐树
随同河水的流向
又一次把思念和痛携上，去远方

年迈的慈爱留不住你
年幼的期待留不住你
整个村庄的草木留不住你
你的心像铁石般坚硬
扭头的瞬间，却悄悄咽下泪水

注定是深陷和愧疚的细节
脚步沉缓，赴一场前世的约
怎么也躲不开。索性把慈爱和期待
以及脆弱的村庄，悉数打包
揣在上衣口袋
那是离心脏最近的地方

潮湿的夜晚，一颗孤心
总是喜欢东游西走。雾起的时候
掏空的心又装得很满，很满……

老家的天空

一个倒扣的锅盖
一片纯粹的蓝
疯长的植物像极了一个个剑客
互相较劲，剑拔弩张
像童年时的疯跑
抢着占领大大小小的山头

老家的天空，越来越小

刀

菜刀、弯刀、破儿刀、镰刀……
好钢铸造，锻打，淬火
露出利刃，像隐藏的狼牙
偶尔晦暗阴冷，偶尔亮光闪闪
乡下的每村每户备得齐全
刀是冷的，心是热的
菜刀切菜，弯刀砍柴，破儿刀割草
镰刀能让稻麦离开母体后入赘粮仓

簇拥在乡村的日子里
我讨了这些刀的好，也遭了太多的罪
幼时的痛，让我读懂泥土、雨露和阳光
携着那只满是痂痕的左手
穿插在每一寸时光中，寻找另一种活法

厨房的刀经常被高高挂起
我会时不时清理刀身上的铁锈和灰尘
对孩子总是三令五申，与刀绝缘
我时常在想，是不是
应该让他碰碰那些冷冰冰的肤体
顺便触碰一下生活的痛

脚步可以出走，亦可以回来

多年前，脚步与石头、泥土为谋
每走一步，都有太多的荆棘
汗水在月光下忧伤。视线
像那条河的流向，捎向远方

把行囊背上，把思念带上
试着把异乡变成家乡
在许多夜晚来临时，踌躇在黄昏
一次次鞭打自己的身体
脚步啊，要怎样长途跋涉
才能站在生我养我的黑土地上
用方言吼出自己的誓言

还剩下多少青春可以浪费？
学会勇敢地挑战世界和身体
出走的脚步，亦可以回来
回到当年出发的地方
进入石头和泥土的内心
面对面交谈

成群结队的身影回来了
厚实的肩膀，把整个故乡擎出新高度
大家伙儿的心胸终于释放
成就奇迹，让渴望遍地生花

告　别

儿时的老屋前，我伸出脚
接住屋檐水覆盖的夏天
母亲阴着脸吼，这样会烂脚丫
脚神不知鬼不觉地伸出去
欢乐像雨珠溅起来，脆生生的

雨水的声音越来越响亮
我依旧站立，开阔的阳台前
双手搂住虚空的瞬间
一千滴雨珠也没法给我指引

户 口

多年前，我是富者
拥有半亩月光，满地亲情
为了户口，想了很多奔跑的方式
在时间界面上，关心房价

如今，我在钢筋水泥间自说自话
说得久了，开始喘息
把自己关进蜗居的笼

两寸星光，从窗户边挤进来
照亮了枕边的一串老泪

推　销

总有人喜欢问我是哪里人
习惯回答重庆綦江
更乐意推销自己是紫荆人
赐予我生命、成长和光芒的地方
是印在身上没有褪色的胎记

熟悉的人会拆解出一些老皇历
诸如贫穷、闭塞、哭泣和死亡
我会拨乱反正
标注善良、闲散、柔软和完整

回乡下

每年都会回乡下。无法拒绝
留守的衰败和新立的坟头
扼着记忆的关卡，越不过去

像是横在喉咙的一根刺
不能在瞬间将所有往事咽下

想找一个懂得偏方的人
苍天无眼啊，一丛丛杂草
已把熟悉的路淹没
我一边心痛，一边泪流

草持续保持旺盛的生命力
一个个崭新的坟头，阻止不了

我零乱的视线退回自己的身体
来不及告别，足迹就慌乱地被遮掩

山村匠人（组诗）

1.杀猪匠

游走在山村的杀手
下得了狠劲
猪的嚎叫，刺激心中的快感
白刀子进红刀子出
一刀毙命才显真功夫
他的心是冷的，硬的

洗去手上的血腥
点燃一支劣质的纸烟
把目光从刀上移开
循路回家。他的心
揣着爱和暖

2.石匠

抡起巨锤，一声吼
锤落。石破。天惊
他们习惯做减法
再硬的骨头，都能啃
一分为二，二分为四

石头的掌纹
随着理想的状态摊开

习惯拿起錾子，眯着眼
凿去多余的时光
风起，头发胡子都白了
和衣躺下
在石头移开的位置，休息

3.打铁匠

打铁必须自身硬
身体里，藏着铁的成分

风箱被扯得呼啦呼啦响
越烧越旺的火照亮脸庞
灵魂不息，力量不止
赤裸着上身，手臂扬起
硕大的锤子急促而下
像是把一种由来已久的恨
狠狠地砸在铁砧上

习惯把自己的意念
强加于铁，叮叮当当
重复地捣铸
把一种规则变成另一种规则

4.木匠

他是一个完美主义者
凸起的拳头要削去
多余的枝杈必须截肢
方，圆。固定成坐标

他是一枚旋转的时钟
弹墨、下料、刨木、打孔
一双长满老茧的手
不厌其烦，打磨修复交替的日月
他害怕浪费一块木料
但决不允许减料带来的瑕疵

窗户贴上了窗花
门后拉紧了门闩
倒下的木头又重新站起来
他从木屑中起身
再一次离开

他的心中，装着世界
经常带着乡愁，飘

5.劁猪匠

这些小猪崽，定是前世
犯下不可饶恕的罪责

今生只能拥有一副
禁欲的身体。一切尚在懵懂之中
就被明目张胆地扼杀

劁猪匠是上帝安排的执法者
见红见血，一柄薄而锋利的刀子
划破了乡村太多的黎明

村人是帮凶，麻木不仁目睹一切
劁猪匠扭头晃了晃刀
狡黠地一瞥，小男孩捂着下体
落荒而逃

6.竹篾匠

竹影婆娑，竹林幽深
每一根直立的竹
都是他体内流淌的血液

满林的风雨带回来了
或劈，或剥
韧性十足的竹子
循规蹈矩盘坐在膝下
他把自己的思想给了她们

这些待字闺中的竹姓女儿
在他手下浸润幸福时光
到了出阁的那天，以另一种方式
把生命延续

坟　山

把翻起来的土覆回去
一座座坟墓
一堆堆尸骨
聚在一起，成山了
时光久远就被野草林木遮掩

有没有好风水，没有定论
大伙儿都选择来此扎堆
少了许多口角之争
相信也坏不到哪里去

坏不坏也无所谓
入土为安，化身为土
滋养这方草木
一世轮回，静默成山水

是晚辈们另一个故乡
每到清明时节
点燃烛火，用纸钱鞭炮开门
整座山惊慌失措
内心的兽跑起来
丈量思念的长度

小时候，我们结盟暗害了一个南瓜

如果不说出，秘密就埋没成了秘密
已多年没有过类似的交谈
掰着指头数数，一晃就是二十多年
大家被生活推搡着，走走停停
想起的和丢失的都是一样沉重

我们都还活着。我们正在老去
回望不是让身心疲惫
断断续续的细节是一杯加温的水
童趣里的恶作剧与欢乐，互相汲取营养
我们没法忘掉。就像那个隐在草丛中的南瓜
被我们翻出来，一刀下去
断了发育的念想。我们依然乐此不疲

南瓜切成片，和着腊猪油
在铁锅里互为依托。我们行窃，掠夺
防止危险降临，又习惯把胆气豁出去
听到了彼此腹腔里敲打的钟声
细腻的风吹着粗犷的香
滚烫了沉寂的山野，嘴边抹上了青草的味道

之后，大家洗干净双手
避开了暗害南瓜的原始之痛
直至被多年后的星光挑起，再一次说出了实情

过眼烟云

我痴迷河对岸的风景
弃步，弃车
在老城的苎溪河码头
涉水而过，去新区博物馆
对话城市的昨天

导游轻车熟路俗成的几个词语
如轮渡时斜翅飞过的水鸟
在心的江面上轻轻点出波纹
偶尔惊叹，偶尔滚烫，偶尔哽咽
像看一幕幕复杂纷纭的史剧

都说一万年太久只争朝夕
两小时的碎步，抛弃模糊的杂念
把故事一点一点从尘埃中取出
清晰透明。不禁感叹时光易逝
在眼前堆起无数天空
一不小心，就与无数的昨天握了手

明天会有更多的人，踏着我今天的脚步
走相同的路，写不同的句子
谁会拒绝赐予和拥有
大家都能参悟，但不想直言和点破

返程时，站在草店子渡口
我背过身去，看一段光芒匆匆忙忙
一切都是过眼烟云

粮食和爱情

粮食养胃，爱情持家
父辈们告诉我，年轻的他们
生活过得不安逸
一年四季拼死拼活
没有好收成，满不了腹部的仓
山沟沟里，人们在泛白的太阳光下
翻着脚丫数日子，为填饱肚皮寻思算计

姑娘们身穿红袍远嫁他乡
留下单身汉们无休止地渴望
多少个夜晚心绞痛，望梅也没法止渴

光阴激荡，梦想起航
一部分人留下来撬动村庄的命脉
一部分人出走异乡寻找光芒

驻守的根经营谷子麦子苞谷黄豆
扮靓了仓储，引来凤凰筑巢
远走的魂把时间放在汗水里浸泡
让家乡和异乡喜结连理

陆续有人出去，陆续有人回来
所有人在不同的经纬度上

善待新生，汲取粮食和爱情的营养
拥有即是幸福，大家坐在普惠的阳光下
忆苦思甜，多少悄无声息的美在身旁缠绵

土 命

五行离不开土
所有人都是土命，一辈子

肉身是上帝用土捏出来的
岂止人类哟，这世间
形形色色的生命体
都与土结下不解之缘
万丈高楼从地起
地是泥土筑成的城池

悬空的绿叶，匍匐的青藤
汗水泡大的脚印，离不开土的滋养

所有生命都应拥有一颗感恩的心
当忘记呼吸，就和着泥土
一同入眠。云淡风轻，心平气和
等待以土的形式涅槃而生
如此反复，如此执着

躬 身

流血的伤口结痂了。繁忙的农事停不下来
在曾经痛过的地方又一次躬身
（时间总是习惯这样重复）
野草前呼后拥，晨曦的光芒
与昨夜告别时只是调整了方位
爱，依然环绕那张拉满弦的弓

躬身太久。需要让骨头站立起来
在张开的声音中，风和汗水开启短暂的缠绵
一根茅草让痛过的地方又轻轻痛了一下
此时，更加清晰。无声真的胜有声

恍若是被生活磨砺得没了脾气
不怨天尤人，不泪眼婆娑
再一次躬下身去，远比任何语言有说服力

城市鸟鸣

城市的树绿得紧凑
高调地遮掩住灰尘，喧嚣
生活的苦行者结伴而至
它们曾经是过客
挨过饿，受过惊
现在是尊者
用原始的飞翔点化城市

它们大多从乡下来
有着农谚一样干净的羽毛
露珠一样透亮的喉咙
在浓密的树荫里，努力鸣叫
这时候，也许是一只鸟思念着另一只鸟
也许是一大家子鸟摆谈城市之外的高深莫测

它们不忘本
声调依然乡音十足
在树下穿行的人
一会儿脚在城里
一会儿心在乡下

一棵被移走的行道树

刚把异乡变成故乡
就被连根拔起
去掉枝枝丫丫的风花雪月
五花大绑，一路颠簸
重温多年前的那场告别

来不及拒绝。攥紧根须中的泥土
当年离家出走携带的家产
已经所剩无几。就那么一丁点
足以治愈自身的水土不服

一株蒿草站在老屋的肩上

我疲惫的双腿
迈不过那株蒿草的高度
离开多年
蒿草的长势挤占了老屋最后的生存
童年的根虚无
蒿草的领地越来越牢
一把生锈的刀隐在草丛里
曾经多么锋利
砍瓜切菜袭扰了村庄一遍又一遍
只差一点就颠覆了蒿草的世界
此刻，怀抱经年的苦和暗
笨拙地应付着蒿草秆的筋骨
像是当年缝衣的外婆，用残缺的牙
嗑断绵长的线。蒿草断了又能怎样
在失去倚仗的老屋面前
依然会让根须张牙舞爪地见缝插针
我疲惫的双腿，唯有默默地离开
离开，应该是最好的自我安慰

劳　作

我把记忆停驻在乡间
一年四季，都属于劳作的日子
算是陈词滥调，春耕夏播秋收冬藏
这和鸟雀叽叽喳喳找食一样
解馋，对自己就要心狠一点
错过一时，就会错过一季

偶尔看见父亲沉默地抽烟
或是母亲随意拂去额前杂乱的头发
然后背匍匐下去，与地面近似平行
淘金者啊就是需要这样的韧劲

弯腰的身影此起彼伏
是在和时间做爱
耳边回荡着生命的涛声
生活的假想敌被招安
无论如何，都已经藏不住
选择被痴心的幸福包围

与月亮同行

月亮是缚在肩上的行囊
脚步从故乡出发，月亮也跟着出发
穿越多少驿站，停滞在向往之处
随同羸弱和坎坷一起扎营
跌跌撞撞中迈出一步
再迈一步，世界浩浩荡荡
月光之下总是形单影只

走过多少地方
就把多少思念的种子撒满河床
月亮在升起和落下的时候
就会有多少泪水
遗留在长长短短的路上
风惊扰了酣梦，失眠占据了枕头

近处和远处，异乡和故乡
害怕被日子遗忘
把记忆打包装进心房
当月亮升起，那心空落落的

我感谢……

我感谢这样的相遇

清晨在鸟雀音乐会中醒来
能躲开汽车尾气，躲开噪声
对着山间引来的一面镜子梳洗
流水，总是漫不经心

露水不再是风尘仆仆
在绿叶上荡秋千，阳光动荡的时候
她们隐秘地爱着这个世界
来路和归途，都是抒情模式

推开门窗，能遇见山
以及百种花草千棵树木
甚至是无法计数的呼吸和奔走
秩序井然，从未阻碍交通

终会爱上这样的相遇
慢时光里笑声和故事接踵而至
贯穿你我贪婪的耳朵
情不自禁举起酒杯，用一双简单的竹筷
拈起满目山色。抵达即是幸福

收　获

人误地一时，地误人一年
祖祖辈辈熟读农谚，探触不变的信仰
像是蚂蚁搬家，也像是蜜蜂采蜜
持续不间断地搬弄阳光雨水
这是我们对自己的怜爱和颂扬

像是一场幸福的盟约
在汗水滋养的大地深处
随风而动的是流光溢彩的舞台
瓜果蔬菜大豆高粱是闪耀的明星
自簇拥的鸟鸣中溢出来
堆积在农人松树皮一般的脸上

大地不会亏待每一滴汗水
古朴的时尚的焦渴的喧嚣的明星们
像是穿越而来，站在世人面前
是马不停蹄的爱在倾诉

心酥了，手勤了。身在其中
只需要一个眼神足矣
用一场汗水迎娶另一场汗水
用一场汗水培植另一场汗水

在希望的田野上

溪水、鸟声早已排兵列阵
蜂蝶翩翩跳起暖场舞蹈
一大群从城里出走的孩子
这些祖国的花朵涌向希望的田野
搜集赞美和惊讶之词向土地致敬

戴上草帽，手握锄头，肩负扁担
体验一回农民的辛劳和伟大
偶尔风吹过来轻拂气喘吁吁的脸庞
间或雨飘下来滋润五谷不分的视线

山花烂漫，隐藏在田间的民间小调
被城里来的花朵们小声吟唱
相见恨晚，内心的秘密藏不住了
在已知和未知的空白之处寻找一条捷径
种下希望，足以滋养出繁花似锦

底 色

农事的战场上，我注定是一个逃兵
在四面环山的夹皮沟里
层层叠叠的梯田让我负罪
风吹稻花香的诗意让我负罪
摇摇晃晃的人间烟火让我负罪

青山绿水的紫荆
我魂里梦里不曾远走的故乡
珍藏着我的蝌蚪、泥鳅、蚂蚱、萤火虫
珍藏着我的锄头、镰刀、扁担、粪桶
借用时光的虔诚以原始的方式与土地对话
沉甸甸的，汗津津的，湿漉漉的

我不曾遗忘，那些引以为豪的事情
瘦削的少年郎撑起成年人的负荷
把贫穷和困苦挡在体外，我不会喜极而泣

我没有接过祖辈传下来的农技
选择在另一条路上追逐希望之光
闲时，就会想起那段农耕时光
我会永葆农民的颜色，直面风吹雨打
雷鸣电闪中我依然拥有我的远方

在一片农地体验采摘的乐趣

所有造访者拥有强烈的欲望
还在路上，心就贴近了

每一种瓜果蔬菜都善解人意
以正值妙龄的姿态发出邀请
五彩纷呈，淳朴的符号
脉动着自然的体香
随意站立成风景，来过的人忘不掉

忘不掉远道而来的相遇
忘不掉狂热一般的采摘
人们在农地里散步，像乘坐一辆慢车
扑闪而来的是永恒的记忆和光鲜的味觉

打开天然的仓库，像是拉开一道帘子
惊喜和亢奋络绎不绝
并带来了不知疲倦的喘息声

呼　唤

在流浪的旅途中
浪费众多的表情纵容自己
一山一水，一草一木
都是简单又复杂的感情动物

开着的窗户终归要关闭
车在赶赴下一段行程。距离产生美

其实，你更应该回家

恶作剧

能够不去想往事吗？被隐去的
偶尔又被翻出来温习一下
多少记忆如风景涌向我们，比如那些恶作剧

石块在水面跳跃时会划出一道道伤口
攀上树丫掏鸟窝闹得鸟雀骨肉分离
在草丛里给时光绾个结
需要一种绊倒的危险换取一旁的欢呼
熊熊火光中烧掉晾晒的大豆秆
在黑灰中抢豆吃，忽略农人的疼痛和叫骂
背靠着墙壁，喊一二三
把母亲在煤油灯下的一针一线挤出来

我们是恶人，我们是少不更事的恶人
把快乐建立在别人的痛苦之上
年幼的光阴就这样过去了
没人和我们纠结是非对错
在恶作剧面前，我们不曾有过悔意
往往是好了伤疤忘了痛
直至今天，还想重蹈剧情
像一名追求者，缘木求鱼

根

在离城五里之外
把时间和空间留足
建一座小庭院，栽几树梨花
以及一些不起眼的花草
圈上三分薄地耕种春夏秋冬
能让汗水在二十四节气中挥发
累时，就引自然之泉
蒸煮村野味道

如果有朋友来做客
餐桌摆在露天，一双筷子
既能夹起碗碟中的零零碎碎
顺手把月亮星星也拉下来
倒进杯中，豪饮到微醺

哦，忘记告诉你了
不允许车辆直接到达
要用二十分钟的光和影
触动青石板的敏感
就像是扰动我们深藏的记忆

宿　缘

无须四处寻觅，到了季节
去安放我疲惫的乡村
就近种下大豆高粱稻谷红薯

生活的边角地带
花花草草天生素颜，没有上锁
任凭装进两眼的仓库

不做仗剑的侠客
用锄头敲打土地的背脊
庄稼和花草醒过来
像是天生慧根，与我结下一世宿缘

存 在

我沿着长长的堤坝行走
节奏轻缓，怕踩疼归来的思念

堤坝下珍藏着一座城市
定居的人，若干年前
坐火车乘轮船背井离乡
走得泪流满面
至今痕迹还在

都说时间是疗伤圣药
蹩脚的方言战胜一个个白天
但漫漫长夜难熬啊
就借一轮明月，借风雨雷电顺水而来
心在，根就在。用折断的黄桷树枝
舀起内心的慌张，像下过一场雨
到处都是湿淋淋的

我会以第三人称注入问候和祝福
存在即为永恒的真理
沿着长长的堤坝行走
节奏轻缓，怕踩疼归来的思念

如果遇上了，毫不犹豫把酒言欢

回乡之望

车轮，时而缓慢，时而急速
把一座山与另一座山串联
二十多年不见，宿命中的相遇
幻想凭借一颗执拗的心
寻找一丁点儿皱巴巴的往事

像一个未知的闯入者
分不清是陌生还是熟悉
树木一棵接着一棵退避三舍
云雾一群簇拥一群敞开怀抱
取出内心的储藏，想对号入座

茅草屋消失不见，老地标指着新路径
残留的像是锈迹斑斑的铁器
在记忆的敲打中，散落成一缕风
然后化身为土。我失去了拥有
打开的双手无法拥抱众生

信徒而已，我小心翼翼安放着过去
分不清是该忧伤还是该兴奋
离开的时候，风还在徐徐地吹着
像是重新相遇，又像是永久道别

老菜农

百步梯，竖起来的琴键
高低错落的皮鞋，忙而不乱
奏响綦城万家灯火的音符

而你，胡须里长满故事的菜农
一双胶鞋，没能
在灯火闪亮前抽身
离开这个昼大于夜的城市
守着身前的红嫩绿鲜
你把自己禅坐成驻守的诸侯
将汗水称斤论两
与时间讨价还价

归家的足迹蜂蝶般簇拥
审视那些菜的颜色、形状
穿梭的音符奏得更欢
满地狼藉。菜农的胃很痛

镰刀客

一群镰刀客，带上几身换洗的衣服
一条洗脸擦汗的毛巾，几包劣质旱烟
邀约挤上臃肿的客车
去早熟的坝下挣点辛苦钱

在泛着稻香的路道边
若干个六人组的男人小团队
像灯杆一样矗立
等人搭讪、议价
并敲定一场流汗流血的交易

耍镰刀，抡稻把子，担大箩筐
燃掉一支又一支纸烟
放倒一层又一层稻浪
随身携带的愁苦抖落进搭斗中
偶尔说荤笑话，能释掉疲惫瓜分快乐

抓一把湿漉漉的稻谷
闻到老家的稻香。拾掇，返程
体内的干劲儿被周而复始地唤醒
晚熟的山间擂响了梆梆梆的战鼓声

农家乐

与城市相比，是另一种张力
身处乡间，草木情深
仿佛多年前丢下的植物标本
被重新翻出来，栖息在梦里梦外

带着返璞归真的态度
多种语言出入，随意的闲散
追赶荒芜和寂寥
打量瓜果飘香和五谷丰登
久别重逢的爱人，相拥而泣

或许，我们何止有泪
狼吞虎咽的味觉
怎么看都是在回赠哺育之恩
再一次找到恋爱的感觉
重新，认识彼此
幸福就这么简单

我写到了一粒粮食

粮食一直在我体内
我提取出来，像乡下的一场翻晒
太阳正好露头
一场汗水的接力开始了

牛粪草木灰填充了院坝的寂寞
不再有漏斗一般的缝隙
一大堆粮食，一支整齐的队伍
老父亲是将军，排兵布阵得心应手

每一粒，都是父亲体内的汗水
防止鸡鸭的出没
也害怕一场雷阵雨的迅捷
它们会撵走收获的完整

所有的队伍撤走，一个不剩
填补了舌尖上的空寂
一粒也不浪费
从身体外进入身体里
带着生命的秘密和恩情

跑出原地

经常回到一种记忆
挥动鞭子，看满山的羊疯跑
我也跟着疯跑，邀约风入怀
一起不厌其烦地追赶日月

累了，就"大"字般躺在草的柔软中
看天上的云朵如何飘向远方
羊群在附近咩咩叫
谈情，说爱，甚至交配

奔走的人生归于短暂的平静
倦意浮起来，无聊多一寸

鞭子一声响，路还在原地等我
驰骋的战场拉开
我盼着自己快快长大

土豆记

1

土豆种是从远方迁徙而来
保持应有的硬度，被背篓移回家
母亲狠心肠，拿起锋利的刀
顺着芽嘴，面不改色地
酿成数起凶杀事故

那圆滚滚的土豆，被横着一刀
竖着一刀，碎尸般肢解成块
然后被丢进草木灰中，容貌尽毁
又被父亲和母亲联手送到地头
分葬各处。懒散的阳光或是刮骨的风
刚好见证了这一切

每年的冬日，总有一个午后
在乡下屋檐发生类似的案件
偶尔，我也会沦为帮凶之一

2

伤疤下，我们能听到

生命咯血的搏动
土豆习惯用沙土疗伤

熟悉土地的人，视线入土三分
能感受到窸窣的声音
那是土豆行走在黑黝黝的地下
化悲痛为力量，聚集阳光和雨水
以及一颗纯朴的心

看准了生活中的缝隙
一抹新绿，跃出地面打量世界

3

伤疤结痂。内心就迫不及待
生育一大堆子女

要给春天穿上绿衣裳
头顶要戴纯白的花
把隐私埋在地下。可谁都知道
那是母亲去年狠心种下的果

掀开地面，就能看到那么多亲兄弟
挨挨挤挤地靠在一起，呼吸着氧气

结痂的疤，成为一张朽腐的脸
像是一根脐带，悬而未掉

4

幸福的胃抵达。可以在烈焰中
让土豆的硬度变软，可以
褪掉外衣，欣赏洁净丰满多汁的肉体
然后切成块，或是切成片、切成丝
或是横陈于货架，坐等目光参透
接受欲望

弹性的青春，走进千家万户
世人的爱很简单，或厚或薄的嘴唇
选择亲吻的方式告白

三棵老桑树

小姨一家从浙江折返回来
故地重游。要去外公的坟前添一炷香
三只无头苍蝇失去准星
掉入野草和荆棘丛
更像一个旋涡。我在电话中指路
把记忆从脑海里抠出来，像是把脉问诊
左边一列青杨木，右边一排灌木丛
绕过怪石巨鲸般的背脊
看着三棵老桑树的方向
一点点移动，一点点靠近

不指南，也不指北
中间的老桑树就指向坟头的位置
那是一大家子人曾经的内伤，现在是灯塔
与没有墓碑的外公一起共守日月

父亲用汗水喂养我的一切

流多少汗水，换取多少营养
父亲把复杂的比例简单化
抛开贫穷的长吁短叹
把砍刀、锄头、犁铧磨得锋利光亮
用力抓住。挠去额上的青春
把生活的苦掩盖，一层覆着一层
一年接着一年。汗水流不尽
田间地头的事做不完

生活不会欺骗世界
八方桌前日子一天好过一天
我很想和父亲多说话
却插不进苗木茁壮的圈子
一个少年，以跳跃的姿态
拍响了城市的门环

我成为一只嗜血的蚂蟥
从父亲身上一点一滴地，抽取
汗渍，血液，最后几根黑发
他不说话，抓住农具舍不得松开
在汗水里泡着，用废纸卷着烟叶
吧嗒吧嗒地驱除疲劳
身体在贴近地面的地方，刨

老屋的一日三餐和我在城市的日月交替

剔除了贫穷的灾难，被压弯腰的老父亲
却直不起身来，在长满庄稼的山坡上
继续拆解分分秒秒。从水泥森林中抽身的我
习惯握紧那双长满茧子的手，泪水磅礴

消失，是一份无助的情感

麦地消失了，稻田消失了
流汗流血的父亲消失了
我的心痛起来
想着多年前老黄牛般的他
肚皮贴着后背，眼里满是焦虑
一边口含诅咒一边心怀虔诚
把月亮当成日头
像一条不折不挠的蚯蚓
一伸一缩之间，翻出层层波纹
蹉跎一生，穷极一生
喂不饱全家人的一张嘴
最终化身为云，滴露为水
渗不进乡村遗下的旋涡

越来越多的人大腹便便
十指不沾泥。我的手伸到乡村的腋下
抓起来的只剩一把杂草
低头哀思，仅是形式上的一种表达

衣 服

中山装、夹克装、西装
父亲经常换着花样穿衣服
穿不合身的衣服
不是小了，就是大了
他总是习惯把我走南闯北穿旧的衣服
当宝贝似的穿在身上
还一脸自得，在左邻右舍面前宣扬
"瞧，这是我儿子买给我的"
却总是把新买的束之高阁

多年的时光就这样走远了
父亲也走远了，我挑拣父亲生前的衣服
放在衣柜的顶层，像乡下堂屋的神龛
可以拜祭并不时闻闻那熟悉的味道

搬家（一）

父亲是无根的浮萍
喜欢搬家，从方丘搬到梨树榜
再搬到杨家湾。以寄居的形式
活着，并非喜新厌旧
只是想离土地近一点，再近一点
差点把家搬到田地里
握锄扶犁的双手闲不下来

每搬一次，光阴就旧一寸
父亲的皱纹又深一毫
直到有一天，倦鸟归巢
父亲把自己丢在家门口
忘归。移动的脚步
敲定了他最后的一个家

搬家 （二）

空空如也的家，何时
住进来这么多物件
有的是陈旧的陌生
有的是一面之缘
有的是三天两头的亲戚
现在，将要搬走
去另一个空空如也的家
自然要剔除某些多余
像必须割舍的感情

突然惊讶于父亲身体里雷同的堆积
雷声和骄阳，幸福与苦闷
还挤进了耳聋眼花、高血压、糖尿病
直到躺在泥土之中时
我也没能帮他选择一些，搬走

喊

小时候，我怕喊话的音量太小
逆风耳的父亲没法听见
吃饭前的半个小时，我就站在院坝最高处
对着风喊，风被撕裂成两半
对着山喊，山谷内外荡着回声
对着水喊，水面上下漾起涟漪
一声一声地喊，喊劳作的父亲回家
其实，我可以走上几里路
到田间地头去叫父亲。有过一两回
我像泥鳅一样滑进了冰冷的稻田
父亲就断了我的行踪
我就开始卖力地喊，无拘无束地喊
喊父亲的称谓，喊父亲的名字
喊父亲"聋子"的绰号。父亲总会应一声
然后带着汗渍的臭和泥土的香回来

现在，我站在地头近距离喊父亲
任凭千呼万唤，父亲总是缄默
哦，我是忘记了，这么多年来
父亲混淆了无数的白天和黑夜
已经累瘫了，正化身为土，休息

减　法

多年前，当石匠的父亲
用锤子、錾子、钢钎作度量衡
在乡里头教我做减法。像人生
被叮叮当当地碎掉软硬均有的年轮
烦琐的目标多么容易失去
指甲壳被锤落，痛反而成了一剂良药
我反思一个个碎掉的日子
复杂是若干个简单重组，像劈石
沿着一条条淡淡的纹路
能把一块完整的巨石解剖
一分为二，二分为四……
抵达远方的脚步，就是如此简单

活　着

父亲，你走后的这些年
依然活着，像刀一样
活在我的身体里
我时常会拣出残缺、遗憾、愧疚
有时还有恨

你曾说再刨两年就进城养老
我信了。一个又一个两年
我一次又一次相信
你起早贪黑，在地里匍匐太多时日
骨瘦如柴，筋疲力尽
无法拖着疲倦的身体进城
你把自己活生生拆解开
让汗水、血液渗进土地

你这个不讲信用的老男人
说走就走了。应该像当年忽悠我一样
忽悠死神，把走奈河桥的速度放慢
还不妨转个身，回到地头怜惜禾苗

现在，我的孩子经常问我
你走哪里去了，我就感觉他拿着小刀片
在一刀一刀割着我的肉
痛，是你活在我身体里的最好形式

收　割

该起身了，父亲
在蝉噪中抖落烟灰
取下月光和血迹
去安抚一群寿终正寝的老朋友
像是一名乡村入殓师
在痛中难以自拔

几只鸟雀，组成单调的吹打乐
为自己的后路送行
扑腾的翅膀，搅起一阵慌乱的风
那些无法站立的伤痛
头垂得更低了

如今，我已不用龟裂这个词

在乡下，每到夏天
稻田的伤口裸露成瘾
我取出龟裂这个词
像咬铅笔的考生，在满怀希望的答卷上填空
面对一场葬礼，难免落泪
如今，不需要了
越来越多的青草遮住我的双眼

还是在乡下，每到冬天
父亲的双手皮开肉绽
我又取出龟裂这个词
像雪花膏，涂抹在农事节气的缝隙上
面对苦不堪言的修补，选择出走
如今，也不需要了
父亲用命中的劫数喂养青草

青草在父亲的身上长高长野
是父亲用双手举起来的
这么大的力道，定然不再龟裂和残损

有这样一位父亲

斗大的字识不了几个，脚下的世界
被阳照骆莱龙登紫荆四座山围困
白天和黑夜，在弓着的背影中交替
抽最便宜的劣质烟解困
偶尔喝酒，酒后喜欢红脸
握一辈子的锄头镰刀犁铧扁担
爱一辈子的稻谷玉米高粱大豆
安慰土地比安慰家人在行
把亲情拆解，放到汗渍中淘洗
时常遗忘约定
镌刻在心上的是无尽的农事

古老而又年轻的信仰，全家人的依赖
一切都是循规蹈矩
熟悉和陌生耗掉暧昧的时光
头发越来越少，皮肤越来越黑
弓着的背再也直不起来
一支箭搭在上面，飞离了山的沉默

箭飞了，弓断了，剩下潦倒的思念
以及久不消逝的叹息

石砖房

一锤一锤，一錾一錾
老家的石砖房持有创伤的凹痕
我在堆砌的纹路中
触摸到錾子的锋利
以及眯缝的双眼，青筋暴起的手臂

沉默的生命，也会让人联想到往事
比如眼前的石砖
会逐步过渡到不在人世的父亲

赐予是欢乐，也是悲伤

熟悉的一次走丢

他不小心，把自己丢在
北京机场的 T2 航站楼
距离终点站 T3 还有点距离
蹩脚的普通话表述不清复杂的归途
他在电话里说，只想尽快回家
在原地等待我折返回去寻找和携带

我远远地就看到了他
搓手、挠头，不敢动弹
人潮里的一叶孤舟，焦虑、恐慌
还有眼里担惊受怕的泪光
像极我儿时的迷失

我迎上去的时候
他还在哆嗦着叨念
"他们把我甩了，把我甩了"
然后就一把将我抓住
我理解这个老同事的心境
如同当年父亲进城时
怀着热爱和厌倦，目愣、拘束
还会在穿过公路时牵着我的衣角

草

背草背篼的年龄
奢望漫山遍野都是草
手里的刀轻轻一挥
就能填饱耕牛简单的欲望
事实上，是要踏遍沟沟壑壑
占领遥远的地方

从遥远的地方回来
厌恶极了眼前漫山遍野的草
只是一个转身，就淹没了
父亲那本已荒芜的坟头

感恩女人

请不要拒绝类似的话题
有张有弛的时光里，女人
注定应该被宠爱一生
接受日月的感恩

日子在一寸寸移动
一个个女人为爱绽放
抛弃含蓄和娇羞
开始灼烧青春，生下一大群孩子
懂得珍惜，让汹涌的生命画地为牢

哪儿也去不了，索性停下脚步
为人妻，为人母。是一个家的中心轴
为所有风雨担惊受怕

一辈子，不知揣了多少柔情蜜语
一缕光线侧着身子挤过来
所有容颜都将枯萎，衰老
无情的时间，如静静流淌的水
洗尽了女人们的浪漫和装饰
心与心的距离，筑成和谐甜蜜的城堡

月光照着推磨的母亲

两扇磨盘静静地纠缠在一起
簇在屋檐下，像是恋爱的一对，紧紧抱住对方
白天的节奏总是大汗淋淋
母亲来不及掰开它们吻合的唇
那就选择晚上吧，整个乡村呻吟的最佳时刻
月光从山崖中漫上来
落在屋顶院坝，像是一种恩赐
给了母亲一双明亮的眼睛
旋转的石磨，恰如一枚钉子
钉牢了母亲的双足
周而复始的稻谷、玉米、大豆
耗掉众多光亮的夜晚
某一次，月亮被乌云遮住
我看见又一轮月亮在屋檐下升起
那是满头白发的母亲
在昏暗的灯光下旋转着生命的星体

母亲的女人味

栽秧打谷、养猪种菜
少女时代的梦想
被反反复复的农事覆盖
母亲从地头回来
背篓紧紧贴着她的脊梁
犹如我儿时的依赖
耗尽黑发，搁在风里的脸
疲惫与幸福摆开持久战
汗水，早把身体洗了一遍
来不及擦拭。青草，泥土，汗渍
还有猪牛鸡鸭的粪便
相互拥挤，挤掉了
男人们喜欢的女人味

风过去，雨走来
母亲的女人味，浓郁了
一大家子人的眼和胃
被紧紧攥着
谁也不想轻易撒手

苦　水

道不尽，喝不完
母亲在苦水中煎熬，变老，萎缩
一辈子，都不知道甜滋味

乡下老屋里的缝补，筹粮借钱
向土地俯首称臣。白天黑夜含混不清
身体里的痛是探照灯，照亮
我眼前那条跌跌撞撞的路

一只鸟，终于从村子飞进了城
敲门的幸福加剧了母亲的悲情人生
偏执、唠叨、多疑的精神分裂症
堆砌成阴性的焦虑。所有的钟摆停下来
横陈为一道坎，她迈不过去

她总是担忧，我一直摇摆的工作
居无定所的生活。以及
贫瘠的家能否讨上一门媳妇

馈　赠

端午来临，老母亲
拿捏针线的坐姿像少女
笨拙的手指起早贪黑
她把记忆中的情节
缝补进几块布料。鼓胀起来的
不仅是棉花和豆子
还有刺破手指的血
关爱的事实胜过言语甚多

几个粗糙的布猴子
以安静的姿态悬在家人的心上
辟邪，驱病，祛痘
以民俗的传承
接受母亲隔代的馈赠
泪水触及的地方也是幸福

等

多年来，母亲的分裂症没有走向任何一端
身体随着时光苍老
记忆不曾褪色，大面积停留在苦海里
阅历稍浅却也是形形色色

她总是担心我迷路，或是犯错
那根弦一直绷得紧紧的
天幕拉下来的时候
她就变得胆怯、手足无措
在客厅里走来走去。钥匙打开门锁的声音
是最好的药剂，她就像个孩子一样
弱弱的，坐在沙发的一角沉默地等

她终于等到我拖着一地夜色回家
就像我小时候放学后屋檐下的翘首
简单又执着。起身，离座
她小心翼翼地把自己送进孤独

我在忙碌中常常忽略她那疲倦的身体
以及含混不清的思想，又一次次
拾起岁月的鞭子抽打灵魂，经常是一片泪海
我多么希望这样的等能陪我一辈子

读　心

曾经，母亲驻守在乡下
是富有人家。拥有三分薄地
炊烟、明月、汗渍、老土屋

如今，母亲蜗居在城里
没闻到泥土味，像是饿慌了身体
整日整夜地叨念，颠倒日月
骂我是败家子

我，妻子，两个儿子
小心翼翼地陪伴在母亲身边
一个劲儿地说好话
乡村是她的，城市是她的
一大家子都是她的

闻鸡起舞

一只携带乡村气息的公鸡
是一名陌生的闯入者
藏身城市的某一个角落
久居抑或过客，无人猜想
凌晨三点，没有憋住高亢的喉咙
一声接一声，像没有拆掉的老挂钟
撞击着刚刚躺下的城市
满头白霜的母亲
披衣下床，把头颅埋进厨房
失去固有的冷静
想找到昔日灵魂的通途

月亮依然高悬在楼顶
闻鸡起舞，母亲重复着多年的急切
像烙印贴在我酣睡的床头
习以为常地相处。今夜，听到鸡鸣
所有的碎片再次串联

母亲读书

禅坐一般，阳光照着她的白发
衰老减弱了一些。面前摊开一本书
古老的符号在光中飞舞
书不会发声，母亲的喉咙在动
嘤嘤嗡嗡，像蚕在咀嚼，像蜂在采蜜
一个识字不多的差等生
习惯以"认字认半边"的方式
碎掉一本书的筋骨，饮血，食肉
经常沉迷于此。我开门拧锁的声音很轻很轻
担心母亲像儿时的我读书习字一样
出错时总会局促不安

你是我的时钟

所有楼层的灯都熄灭了
我心中的窗户还开着
你饿了，就起身兑奶粉
解便了，又忙着清洗
你是我的时钟
一举一动都在我眼里
甘愿颠倒黑白

悬在夜空中的睡眠
拥有幸福甜蜜的意象

和儿子谈谈——

习惯和儿子谈谈，谈谈我多年前的经历
像是跟多年前的朋友打个招呼
其实是在向儿子大倒苦水
提及多年前的隐情，全家人生活的不易
吃不饱穿不暖。前尘往事里沉积着贫苦和压抑
玩具纯手工制作，衣服上的补丁连夜缝上
赤脚在山野的腹部漫步，磕磕碰碰是常有的事
田地里的野草和童年的欢笑一样疯
种粮食要交公粮，剩下的捉襟见肘熬过一年
面对天灾人祸时更多的是无措和虚弱
淤积在身体里的痛越来越多
但还是义无反顾地砍柴、煮饭、喂牲畜
在煤油灯旁精耕细读，微弱的灯光照亮远方
就这样和儿子谈谈，把若干个片段分期植入
儿子的思维，要让那颗蠢蠢欲动的心
永远懂得感恩，学会珍惜生活的苦与甜

生　日

孩子还小，不懂
生日和苦难日之间的嫁接关系
那一场时间拉锯战，撕心裂肺的疼痛
是恐惧和幸福的。每年生日这一天
孩子都要做一回小主人
邀约朋友唱生日歌，吹蜡烛，分切蛋糕

此刻，那个最大的功臣，那个小女人
生娩的能量被忽略。忘记伤疤和痛
溢满笑容和慈爱，示范，逗乐
释放出宽容和明亮

怎能就此遗忘女性的赐予
这一天，我要给孩子提个醒
跟妻子说声谢谢，要在幼小的心里
种下感恩的根

秘　密

陪孩子去乡下
童心世界注定多一份惊奇
比如一头路过的老牛
这个平时出没在电视里的活物
并非想象中那样的生龙活虎
响鼻，甩尾，踱方步
慢悠悠地酝酿一场劳作的风雨

回城的路上，孩子是滚落的珠子
噼噼啪啪地说着见闻
比如牛闲散地吃草，欢快地耕田
兴奋点众多。恍若
识别了一个朋友的秘密

培训班

我要为儿子再报一个周末培训班
每周半天的时间
由我亲自主讲示范
扛着锄头种青菜、种番薯、种洋芋、种玉米……
把能在地里长高长壮的农作物温习一遍
拿着刀具砍柴、割草、收菜
体验祖辈们一双手摁住光阴的力度
以及摊开的手掌上老茧的厚度
余下的时间，恶补春夏秋冬四季的纷繁与复杂
谷雨、芒种、小暑、立秋、寒露、立冬……
让二十四节气的文字在田间地头一一铺陈
或者传授一些关于施肥、选种、收割的陈词滥调
让他能听声音、辨颜色，亲切地喊出亲人般的名字

若干个重复的早晨

风吹过来，间或有阳光有雨水
两个人疾步其中
一个大一个小，一个高一个矮，一个胖一个瘦
有说教，有商量
耐心抑或急躁
兴致不减，像两条碰撞的鱼
交结于生命中父与子的亲情

都在向未来索要命运或梦想
四周的每一粒灰尘自带闪光点
不会改变初衷，一切都在循序渐进
日复一日。重复累赘地表达自己
幸福，如此轻易得到满足

第二辑　四季调

一年到头，没什么秘密可言

立春，雨水，小暑，大暑
寒露，霜降，小寒，大寒
二十四节气，以不急不缓的旋律
走过一年风晴雨雪
一盘咿咿呀呀的唱片，在时间的磁针下
转，转，转。那发出的声响呢
或悲或欢或喜或乐

在轻轻划动的纹路中
所有人向往并呼唤攀爬的梯子
偶尔会坠下岁月的神坛
有的看不见被乌云遮住的太阳
有的撕开阴霾探触漏洞中的星光
不管是否愿意，一年就这么到头了

没有什么秘密可言
走得远了，就看得清了
倾诉或是祈祷什么
走过的身后，都是一地残影
生活的表达和呼吸方式
总会重复着陷入、抽身，抽身、陷入
那张唱片还在咿咿呀呀，停不下来

寻　春

朋友说北山的梨花开得很火
正在酝酿和兜售一场买卖
走到窗户前，街上的阳光很薄
行道树影子枯瘦。我不得不承认
快节奏的城市终于慢了半拍

可春天的脚步不会消停啊
乡村的阡陌之间亮开了表情
斜飞的剪影，簇拥的花香
魔幻的新绿，听话的牛铃声
给时光镶了一道边，像是引子
牵着思维中的柔情和惊喜

不做困兽的思想者，一路出城
任意在经纬度上盲目地停靠
桃红柳绿，蜂鸣蝶舞
狂欢的序曲正酣
偶有羞涩的风迎面涌来
扰动苦闷的心

打开了原始的沉醉，却是说不清道不明
就像那一汪湖水，藏不住涟漪

迎春，恰似一场宿命

最后的一捧残雪碎了筋骨
封存在时光中的河流开始解冻
我们将告别坚硬的冬天
一起迎接大地上的亢奋喧哗

认真咀嚼此起彼伏的鸟鸣
轻嗅一片片嫩绿的思绪
抬起洁净的额头
灰暗的咒语已从眼前消失
天空很美，世界很新
大地上千娇百媚
我走失的爱人悉数回归

一场约定，躲不开宿命的安排
风吹过飘窗，心就开始颤抖
不经意的那场雨，会让
蛰伏的万千思念溢出来
溢出来……

春　耕

春江水暖。一场未知的开启
想起去年许下的收获
努力播种着，渴望满园

春风，春雨，犹如泪水或汗滴
内里藏着星星点点的光芒
终究不会背道而驰
君不见，旅程已开启

继续认识那个荷锄的老农
交出露珠和晨曦
希望就像一个饱胀的乳房
奇妙的生命力接踵摩肩

深埋于地里的熟悉和陌生
握手启程。一次自我救赎
完成得彻彻底底

一只燕子

春天已经醒来
一只低头赶路的雏燕褪掉远方的疲惫
衔着两片薄薄的春光，在天空中划出影子
分不清是误入还是陷入
窗玻璃前，来来去去近乎痴迷
幻想在紧闭透明光滑中啄出一丝缝隙

帮助和伤害都存有一面之词的嫌疑
拒绝开窗，让有勇气的燕子折戟而归
翅膀是身体的方向，尝试和辨识
是接触世界的唯一捷径

叫醒春天

坐在艳阳三月，叫醒春天
轻风拂过，细雨淋过
枝头的鸟雀催促过
但我不满足，我要依次叫醒
春天里所有温暖的晨光

首先叫醒左边的柳岸
再叫醒右边的花明
接着赶出棚里的鸭群
扒开丛生的水草
放逐一河的欢畅
当然不能忘记墙角的桃树
用绿叶文眉，用桃红抹腮
然后守着阳光
看天慢慢地变空，榆钱儿蹿上树梢
柳杏儿飘过心中思念的河

此时，春天把我心中的爱情叫醒
循着你的影子，所有的花朵
不只是在梦里盛开

清明，回乡下割草

今时不同往日。空落落的乡下
不时植入一些零星的尸骨
一年过去了，那些土丘会长高很多
蕴藏虚弱和执拗的高度

千年的清明千年的约
拿一把生锈的刀
在荒芜中，砍出一条血路
再拽着坟头上长疯了的草
一把一把地割，把狠劲用上
把思念的对白用上，把泪水和汗水用上

一个不修边幅的额头显露出来
路过的人，稍加思索就会想起他的名字
感觉是从土堆中活过来的一样

把幸福种在地里

一株挨着一株，弱不禁风的春光
在眼前是何等的笔直和挺立
三月，我站在成长的山歌和炊烟里
手抚着锋利的语言，随一滴阳光深入
弱小的根连着根，在大地深处学会抱团
一枝一叶在跳跃的风中涌动
爬上春天的肩膀，把未来交给天空

故乡的春天真实感人
密密麻麻的幸福是一山翻滚的绿
怂恿着整个季节的雨露，甘甜如饴
更加贴近怀里多年的呢喃和梦境
地里早些年的裸骨已被覆盖
大地的产床迎来一群贞洁的灵魂
树干和泥土里的呐喊让我们血液沸腾
此时，所有的灯尽数打开
浸润了一串串欣喜的目光，比春天更浓

把幸福种在地里。生命的一次邂逅
让世间增添了许多依赖和关爱

这个春天的雷声来得比较晚

父亲已经不止一次地望天，翻皇历
期待那雷声滚过窗前，陈旧的木窗棂
窸窸窣窣地在黑暗中抖抖旧包袱
田野里的庄稼打着呼哨，彻彻底底翻个身

沉重的鼓点爱与春天躲猫猫
这一躲，就躲了三个月
整个村庄都很空，花草树木营养不良
焦渴的喉咙一次次吞下口水
脸上长出褐色的根须，对月长叹
"天啊，送给我们一串雷声吧！"

秧　事

当一粒稻谷没有裂开伤口的时候
它还不能和一株秧苗画等号
也不是所有的稻谷都有底气
从仓里走出来，重新站在田畦中
要选择优良的基因，这好比生孩子
内心的根撒下去之前，挑三拣四是必然

撒下去，就撒下更多的欲望
这绿色的欲望，沉沉的欲望
要突兀成林，突兀成人们眼中的热
必须挪开眼前的安乐之窝
一双双粗暴的手，面容是狰狞的
情感是谦卑的。有没有风不重要
手起风过，分离是痛点
也是幸福的起点，稻谷成了秧苗
秧苗又缀满了稻谷，那是收获
恍若母亲的一生在燃烧

春　分

日子总踩着时令的脚步走来
这一天，太阳是公平的
在赤道外画好一个圆
玲珑的浮云在天空游走
我们固守的城墙失守
褪去冬袄，扛上锄头
耕牛耐不住寂寞，打着欢腾的响鼻
反刍的胃里念着墙角的犁铧
翻开往事，那些天寒地冻的时光
植入了乡村芬芳的气息

春天的这个节气
我们听见花开的声音
目睹新燕啄春泥的身影
或许，还有一支横吹的柳笛
竞相把青草和水源唤醒
而孩子们的目光更是晶莹剔透
随风筝的飞翔扑腾童年
南北西东的翅膀正试着长大

每一朵花都有信仰

在起皱的春风中
每一朵花都搬出自己的心事
停驻在枝叶间，像是举着火把
索引出平平仄仄的语境修辞

莽撞的蜂蝶，大庭广众下
肆无忌惮地表达爱意

春光不待啊，这些花朵
怀抱着绽放和凋零的信仰
与那群爱的追随者，生死缠绵

一场盛宴，一轮葬礼
仅在我注视的方寸之间
不断上演。每一朵花的信仰
都将被视为永恒

爱上春天

草尖上的露水稀释眼角的愁怨
窗台前爬上来的藤蔓亲吻鼻梁
走在青草蔓延的河里
掬一手干净的春光
迎着风吹来的方向，张开翅膀
伴着鸟语花香
幸福地爱上这个世界

爱上酥软的白云，爱上柔嫩的麦苗
爱上诗意的炊烟，爱上牛鞭的欢畅
爱上一大把好阳光，爱上奔跑的村庄
爱上右手牵过来的左手
花一样的笑容拥有善良和希望
正快乐地和春天一起成长

落花吟

允许爱恋中的瑕疵
那么多季节的修饰语
一个接着一个，像在蹦极
脆生生地落在大地的肉体上
每一朵都有飘逸的忧伤
坦然中，无法选择回头

露水和光芒隐在血管里
经历怒放和凋零，抑或生与死
缤纷着时间的苦痛
美丽无法复制，却能重生
一场坠落的轮回
在噼里啪啦的绽开中铺叙重逢

所有的落花都是有情调的女子
折翼后的抵达，反哺辽阔的喧嚣

初夏的风

裹着柔顺，轻轻地叫醒阳光
一朵花在风中撑开笑脸
千万朵花织成海洋
耳濡目染中送出阵阵幽香
风的脚下，芳草地跟着醒来
绵延成生命的节节高
谁又能熟视无睹
这醉人的甜蜜和垂涎的绿意
在大地上连缀，好像去年许下的约会
敞开怀抱轻舞飞扬
曾经隐秘的心事
尽情地摊在风的视野下，燃烧

流水的韵脚放逐美感
在初夏的臂弯里漾起涟漪
尾随风走过的痕迹，伺机而动
忽而轻缓，忽而急促
单纯的云彩在变幻的光影里
述说季节的厚重和洁净

蝉

毒日暴晒下，一大群
带着乡愁的音乐家
停驻在钢筋水泥的夹缝间
敞开喉咙，无休止地浅吟高唱
要与整个夏天争论热情的力度

童年的耳朵结满老茧
抠出了记忆中的温度
躲进箱子般的暗屋，躲不掉
纤细的尾音。时常幻听

一束植物倚门翘望

在老家土屋，写下五月
一年一次的端午节
母亲带着风霜早早出门
穿越有雾或没雾的山林
赴一场约会，去熟悉的几个地方
采集艾草菖蒲。一身露水和汗渍
混杂着草叶和泥土的清香
被笑容满面的母亲搬进家门
是在搬运安康和幸福
一部分悬在门上，一部分摊晒在院坝

每当我外出归来
看那一束植物倚门翘望
一个姿势坚持多年
不知不觉，把它重叠成了母亲的影子

赛龙舟

是谁把谁的皮囊搁置在河面上
用岁月的鼓槌敲，痛得呼喊
引发了水内心的歌喉
涌动咆哮，甚至巨浪喧天

一叶狭长的舟，昂起龙头
携带生命的速度和激情
穿越数千年的风云，无惧飘摇
像当年诗人赴死的心，勇敢向前冲

如今的气候不同，少了诸多禁忌
与时光竞技，不迷失，不走丢
灵魂交织，我们的梦想早已重生

采艾蒿

此时，允许辣手和贪婪
剥夺艾蒿生长发育的权利
这些吃露水长大的野草
这些自食其力的野草
是神圣的，有一颗包容的心
为一切需要放弃自己

一双双手聚涌着虔诚
从风中、雨中、日光中
采回苦情。挂在屋檐下
以阴干的方式，让生命复活

玉米棒子

从一粒岁月开始破土而出
历经三月风、四月雨、五月花
一场爱情过后，六月的玉米秆
临风而立。胸前鼓胀着诱惑
玉米香从乡下地头溢出来
粗枝大叶的城市，突然感到饥饿

我乡下的亲人哦，从前
每逢这个时节
我就禁不住向你要了
架起木柴，或焖在火中
或置于沸水。流哈喇子了
在甜糯的香味中，你小家碧玉的颗粒
挡不住一气呵成的粗鲁

终于安静下来
整个夏天就打着饱嗝儿
并肩坐在一起，数着蝉声

夏夜里的村庄

月光在树叶间摇晃
转过身，就能看见水的影子
躲过城市的睡眠，陷入一把木椅的思绪
夏夜里的村庄是多年前的日记

抬头低头，我依稀感受童年的余温
我和我的村庄在夏夜里相逢
风铺开一页诗笺轻言细语地朗诵
猛烈的蛙鸣碰响村庄的风铃
忽远忽近。每一个毛孔都敞开心跳
倾听流水一样的歌唱
流萤抛开秘密飞舞青春
稻田里，有一种爱正在拔节拉长
面对夜色折射诗意的绿
一簇簇喘息吐露芬芳，弥漫
稻花香里说丰年的夜话

那么多熟悉的场景未做细枝末节的修改
不曾远离的脚步，沁凉，湿润
然后是深情的颤抖，抵触细密的内心
我和我走失了多年的夏夜
在背对空调的缝隙里
终于握手言和

不经意间想到秋

与一杯清茶对坐
把窗外的热放在耳边
时光里的倦怠
纠结了整整一个夏季
一片叶子从树的顶端飘了下来
砸痛了一只虫子的鸣叫
戛然而止。我的心跟着抖了一下
莫非是秋天已经来到
这没来由的思想是不经意间的念头
惊扰更多的落叶飘过乡村的屋顶
当空的日头忽然就缩短了脖子
高粱、棉花和稻谷相继喘着粗气
如女人亢奋时发出的鼻音
然后，就听到父亲磨镰刀的声音

我只是不经意间想到秋
这季节的渡口
就真的靠在我身边，含情脉脉
托起入春时遭遇的一场爱情

九　月

八月热情如火，伸长手臂
碰触到九月的痒处
不慎跌落腰间悬挂的黄金
一阵风吹过来，叮叮当当落地的脆响
吹散了祖辈年迈的皱纹

季节的柔韧和丰满浓郁成荫
沉甸甸的心事在田野中燃烧
那么多的镰刀摊开繁忙的手掌
起伏的笑意连成片，成河，成海
饱涨了所有望眼欲穿的秋水
这时，虫鸣声轻微入梦
小声地把幸福的歌儿唱响
从南到北，打开我们通向金秋的方向

所有的心事都藏不住。在盛大的宴会里
围着跳跃的火焰，盛赞
九月里的一个又一个芬芳

丈量秋天

赤足童年。嫩脚丫
在摊晒的谷粒中
划出一条条老成的稻埂
那是秋天的厚度
汗水翻起波浪
所谓约定俗成，带着必然和偶然
允许鸟雀鸡鸭窃取一些
允许偏东雨引诱一些
允许缝隙里夹带一些
归仓，一圈圈围挡丈量幸福的高度

当重复的场景来袭
扑面而来的，是陈旧与新奇
走不出内藏的温暖和痛
一把生锈的镰刀
横在我与秋天之间
如此贴近，遥不可及
我开启了一个季节的冥想

甜甜的月饼

圆圆的月饼，把节日和亲情
捏在一起。是无法碎掉的记忆
恰如爱情或是生活

你吃一口，我吃一口
拥有无限的阳光和团圆的幸福
每一截时光都在奔走
不变的，是我们对月饼的爱意

有无月光无所谓，是否中秋不重要
是谁召唤着我们的胃和眼？
月饼，月饼，月饼
一份相思，像是缔结的盟约
在我们走失的心上，奔跑

让我们怀抱感恩的初心
月饼的灵魂和思想，在成群的
和谐与抒情中风声突起。所有食者的吟唱
总会让思念的人热泪盈眶

中秋糍粑

首先从秋天的汗水说起
归仓的糯稻米，刚好够上
中秋节木甑子的高度
褪掉丰收的外衣，暖暖的气息
随着炊烟在飞，勾起回忆和欲望

再说说那心如磐石的碓窝
一些时光给了日月，一些疼痛给了风雨
剩下的就是父亲的眷顾和摧残
中秋到了，心就不再寂寞

是时候将蒸熟的糯稻米倒进碓窝
父亲操起木棒，重复施暴的动作
天气好的时候，阳光会落在父亲身上
头发、胡子和糯稻米是一样的白
上面结满了父亲的悲欢喜乐

品食糍粑，浸在香甜中拔不出来
绝口不提父亲年迈的往事
让他在笑语声中白发转青

又是中秋

漂泊在外，走走停停是常态
白天像旋转的陀螺埋头苦干
夜晚就裹紧身体驱寒取暖
又是中秋了，回家团圆是奢望
买点廉价的月饼，桂花味的
找几个推心置腹的朋友
在月光下扯南山盖北网
少不了家乡的老刀子，饮一口
心就莫名地痛一次，话就会泛滥成灾
呼吸朝着来时的方向
涌动，男人用五魁首八匹马堵住泪眼
女人在锅灶旁用雾气掩盖思念

大家都很小心，避开时钟里的记忆
隐去一路而来的坎坷
一醉方休。天亮时，嘴角残留节日的味道

数　数

数吧，从正月正掰着指头
数到九月九，一盏灯悬在重阳节
有诗意，有泪点。眺望远方
必须走出森林城市
数着脚下的步子，一级一级地
踩着自己的肩膀持续上升
风吹过两鬓的头发，用一颗持久温暖的心
呵护一朵又一朵菊花的荣耀

菊花跳跃着拥抱，涌动的人流
和穿梭的风挤占思考的空间
离开家乡已经若干时日，在面前打开的
是另一个世界。相似存在也是枉然
就举杯吧，对着熟悉的方向共饮美酒
一杯接着一杯，数数的节在虚实之间徘徊

继续从九月九往前数，数到月底
数到年终，登高的足迹选择回归
回到重生的胎盘，回到
不再黯然流泪的地方和无邪的时间

思　亲

外公、外婆、父亲……
我所有躺在土里的亲人
一直以来，尾随着时间虚晃重阳
却没有认认真真过一次重阳

任土为亲，与刀锄为友
时间与空间里的白发和皱纹
是坚强倔强的软肋。幸福指数不断上升
体内的健康元素日渐减少
无法托举生活的重量。城池失陷
开启永恒的睡眠模式

岁岁重阳，今又重阳
我注定无力还原这节日的浪漫
不登高、不插茱萸、不赏菊花
敬畏亲人们营造的香甜
在思念的液体中，驻留和漫游

似曾唤醒，却不曾喊出他们的名字
并排坐在干净的阳光下
安安静静，突然想起了好多事

素　描

没有镰刀和暖阳的牵引
没有低垂的红光满面
打谷场上堆山的笑声绕梁三尺
丛生的杂草攒足力气
在寂寞空旷的原野里节节高
生命的绿色依然锋芒毕露
一张飘落的树叶作别秋天的云彩
带走了乡村最后的一丝暖意
田埂边的稻草人形单影只
被调皮的风吹散了紧守的乡愁
一场接一场的雨
湿了思绪，乱了芳心

一只鸟扑腾翅膀，一群鸟跟着扑腾
结伴在入冬以前
寻找老农遗失的汗水
而那些经过数月怀胎的孩子
挤在农家小院里
静静地，说着悄悄话

摊晒秋天

是多年的图腾，缘起
春耕时躬身的那场虔诚
以及夏季蝉鸣的挤压

春种秋收的哲学被摊在院坝
此时，画家的灵感在迸发
辣椒大豆玉米稻谷是颜料
推耙连盖是画笔。作画的
是刚从地里回来用草帽遮阴的老农
没有人能从汗水里将他捞起来
趁着好天气，要画出一年的粮仓

不是信手，不是涂鸦
画成，就会惊艳时间和空间
狂热的幸福簇拥着整个秋天
能在梦中笑出声音来

偏东雨

很无奈，神仙打架
凡人总会遭殃。雷公雷母夫妻之争
把一个秋天搅得不安宁

风是帮凶，把远处的闪电
带到跟前，开启一场真真假假的阴谋
雨不问青红皂白，不发征战预告
带着清冷和隐喻铺天盖地
偶有悬在空中，迟迟不坠落

那红红的日头，忽而抽身拂面
忽而站立云端，高高挂起的姿态
总让假寐的呼噜声忍不住骂娘

一场雨即将来临

远山黑着一张脸，在夜色之外
变了颜色。身体里藏着巨大的轰鸣声
酝酿一场悲苦的剧情
还未到动情之处，悬而未落
风是个调情的高手
会让路上的雨捉摸不透
忽远忽近，像是告白，又像是谎言
一群慌张的蚂蚁在突围
迎接的不管是地狱还是阳光
排着整齐的队列，与时间抢早
像孤胆英雄奋不顾身

落叶辞

唯有用余生来偿还。每一片叶子
都是一滴精血，有的苍老已入膏肓
有的鲜嫩甘愿奔赴，顺着日月
抵达身体之外的地方
是一场葬礼，大伙儿心甘情愿地爱着
也不由自主地恨着。坠落的叶子
集体参悟世界的禅意，今时的潦倒
还原明日的青葱。踩着那些死去的筋骨
空气中弥漫着永生的味道

冬日观荷

我不止一次邂逅
你在清风明月中
不蔓不枝，翩翩起舞
此时，我预约了时光
选择在清晨的梦境中来
我的脚步很轻，很轻
担心踩疼了瘦削的冬天

素颜俗语
在一方静置的墨盘上
搁置画笔。力量深陷在脚下
咀嚼着，酝酿着
来年春夏的那场风暴

到那时，所有的美
都会从骨子里爬出来
还原每一个人的渴望

树 藤

娘胎里，弱成一副软骨
跌倒在地，不忘抬头看天
每一根站立的筋骨
都是一场攀爬的革命
守着眼前的树，守住自己的根
选择义无反顾地抱紧
抱紧内心的绿，不灭的火
拉近与天空的距离。风掀不开你
雨淋不透你，借风借雨，借天时地利
借一树的情爱开枝散叶
一千次，一万次，滴滴绿意铺陈的河
一路欢歌，汹涌不止。迎新的触角
使劲，使劲，梦永远站在树之巅

年猪节

一群长膘的猪集体死亡
它们是一等良民
尽管好吃懒做了一点
关键时刻交出命运
不是安乐死，是真正的
白刀子进红刀子出，被千刀万剐

有的人在大庭广众之下吆五喝六
有的人躲得远远的，害怕溅了一身猪血
最后都会围上来，评头论足

北方的雪

我喜欢把北方和雪画等号
令人惊艳的梨花
总会将骨子里的冷傲
交给白桦和红松，吹再大的风
也不落下，坚持着，坚持着
就像筑造心爱的巢
收拾干净殿堂，抱着一颗纯净的心
一遍又一遍擦拭身体
守着自己的日子
每一节骨头都冻得坚硬
偶尔会听到自己发颤的声音

等待春天一字排开
那梨花真的成了梨花
在有足迹的地方
总会长出花朵，生命的律动
一下子就绿起来了

相约腊月

在迁徙中回归
捅破最后一层窗花纸
皑皑白雪成为最后屏障
烟熏的味道氤氲在风中
带着一年汗水的咸湿
把内心的静谧笼罩
一缕慌张，两分闲愁

腊月的香在尽情地流动
忘却冰冷的现实
一颗相思的红豆疯长
长长的藤蔓
牵引天南地北的孤独
以梦为马，顺着痴情的记忆
让乡音乡情拾掇行程
多日的失眠之症不治而愈
足以让匆忙的步履轻装简从

相约腊月，相约一个季节的守候
手里紧握这枚温暖的票根
再往前一步，就是寂静后的狂欢
还有锦簇的祝福，新生的喜悦

腊八节

时间的轱辘，勒紧了冬天的蔓
彻骨的寒逼迫着一双手
碰触古老的话题
黄豆、花生、红枣、肉丁……
在积雪之上推开苦和痛
飘在锅灶边缘，温暖如春
丰收和吉祥的企盼覆盖记忆中的细节
虔诚的呼吸朝圣一样地接过碗
许多艰难的往事就此沉淀

幸福从一碗粥开始上路，四方弥漫
几句简单的祝福让枯竭的冬丰满
匀称地穿过冰碴的缝隙
抓住快乐的鞭梢
一溜烟儿地滑过大寒，除夕
碰触春天的雨水
就像一枚叶子携带绿的心声
在水的肩上打着旋涡
牵引着世人的眼球
天亮了，心也暖了

雪世界

白羽毛飘啊飘
一场低语，絮絮叨叨
重叠。覆盖。真相大白

不允许一丁点儿瑕疵
请覆盖我的眼睛
白净的身体
亮成一道闪电

岁末的雪

总是在岁末侧耳倾听
那一场飘雪是如何降临我的村庄
如何用一把时光的梳子
把郁郁葱葱的思念
在一夜之间梳理透彻
白得透亮，耀眼，妖娆

没有雪的冬天是不成熟的
就像生命的轮回里没有总结是失败的
一年到头，我们细数收成之余
就是就着一口老酒
寻踪米粒或鹅毛大小的晶莹
仿佛，我们一生都在为此等待

岁末的雪，很纯粹的迁徙
总能换来数行热腾腾的泪水
以及五谷丰登的美梦
时不时被吵得沸沸扬扬
熔于根部的火焰
蓄势，突兀冲天的力量

春节是一条臃肿的河流

这画面已经记忆多年
每一次都是相同的情景
时间的胸膛前臃肿不堪
密密麻麻的影子
比蚂蚁更忙碌，比大象更笨重
摩肩的心情是一支支隐没的羽箭
携带乡音乡情的色调
在不息的河流中缓慢移动

后面的水拥挤前面的水
前面的水截堵后面的水
留给风的缝隙也是焦躁不安
单调的脚步躲不过真实的距离
从南到北，解不开的拘束
许多穿行的等待
滞留在紧张的空气中
随梦想迁徙

过　年

我寻找到一个词
归拢，流窜的鸟雀儿
除去尘世纷扰
承担起一些力所能及的事情

约定俗成地迎接一个节点
是否降雪无所谓，洒点阳光更好
敬神、烧袱子、吃饭、守夜
记忆里的亲人，活在当下的亲人
重新介绍认识。虚实之间会疼爱时光
借此梳理血脉关系，修复家谱

抹去忧伤，添一丝喜庆
饮酒，醉意轻飘飘的

反向"回家"

题记：春节期间，很多人只能留守异乡，他们的家人为了团聚，踏上了反向"回家"路。

母亲在哪里，父亲就在哪里
家也就在哪里。儿子只身在外
是一只旋转的陀螺，忘归

想着家中厨房香喷喷的菜
想着烧在煤炉上的那壶开水
想着村头树下眺望的身影
此刻，只能把思念和祝福镶嵌在风中
陪着时间穿行，捎给父母

来了，父母千里迢迢
在灯火褪色之前，带来家乡的味道
洞穿转瞬即逝的所有陌生
在异乡摊开温暖，道出幸福流动的秘密
儿子在哪里，家就在哪里

彻底放弃内心的不安
让酒杯碰响相逢的喜悦
所有的标签，终于贴上团圆的字样

灯 笼

一盏灯笼挂起来
一份轻飘飘的红。孤独渗出来
千万只灯笼挂起来
千万种孤独扎堆，互道祝福
身在异乡，像一只逆流的鱼深陷和追逐
每一簇红都是心上最远的温柔

我一直在努力，提着一串灯笼
等着靠岸

燃　情

这个城市，流行
一触即燃的激情
憋足了一年的劲儿
噼噼啪啪，狂轰滥炸
把大街小巷
惊吓得变了颜色

空气中，不知
消耗了多少花朵
当花瓣坠落，天空魂飞魄散
我们的世界
就多了破碎的生命

停顿的钟摆是昨天，还是明天
是去年，还是明年
多年习惯继续以原始姿态疯狂
耐心的夜色成了忠实的听者
城市正酣，双耳失眠

流动的中国

公路，铁路，水路，航空
以春运的时间段为轴
花花绿绿的蝴蝶，数以千万
铺陈着板结的足印和粗犷的汗味
在白天和黑夜的四面八方穿梭
激活了黄河长江的水
沸腾了大小城市站台的脉络

一个万家团圆的节庆
一个热热闹闹的国度
勤奋的蚂蚁簇居在一起
奔涌的速度是千万根细线
短时间内一哄而散，像闪电
指引着亲情握手相拥

用所有的激情收割一场相聚
流动的音符摒弃了优雅
允许一场泪水的眺望
奔走是孤独的疗伤圣药

流动，流动……
酝酿了一年的美酒
启封。滋润着风尘仆仆的肠胃

观　灯

用什么样的心境
迎来这些不眠的灯火
次第亮开了，像生命的火种
在新年的长河中星光点点
那是季节的花言巧语，携带春风
送抵的第一份祝福。自由的姿态
绕过暗物质和黑夜
与幸福的诗意黏在一起
没有一丝缝隙，也没有边界

每一盏灯兀自亮着
催促着我们，朝向光亮的地方
躬身而行。喜庆是个大大的圆心
一圈圈荡漾开来，漫过所有身体

赏 月

新年的第一轮圆月升起来了
像妈妈手搓的汤圆，从乡下铁锅中溢出
黏在城市高楼的避雷针上
在仰望里，成为思念的高度

我因工作长久离家
对团圆，拥有足够的耐心和期待
想起妈妈，此时伫立乡下院坝
和我赏同一场圆月
像是围坐在桌边，品同一锅汤圆

甜甜，圆圆
月亮安抚了我们的泪水
消去思念之痛

闹元宵

这些纸糊的动物
共同奔走，发声，造型
传递内心的兴奋和吉祥
一年一度，习惯这样的热热闹闹

是图腾，抑或祈福
若干个时代积攒的纷纷扰扰
在现实和尘埃中，心动
源于精心设计的雷声和闪电
千年不老，万年不倒
模糊的印痕逐渐清晰
我们称之为传承

吃汤圆

年复一年，不曾忘记的仪式
把头年秋天的恩惠
迁移到正月十五的门槛
在石磨下翻身，在手掌中瘫软
犹如海阔天空的包容之心
与玫瑰、芝麻、五仁、莲蓉纠缠
人们的味蕾躲不开赤裸裸的诱惑

一个民族的典故，习惯
被我们用心满意足的表情喂养
小小的汤圆，这莹白如玉的汤圆
在锅里腾云驾雾
串接起千古民俗，以及
嘴边的快感

这一年

年年岁岁，花开花谢
约定俗成的相遇只剩下足音
恍若刚刚重逢就互道珍重
仅是收集了汗珠和露水
擦拭疲惫的身体

这一年，岁月不朽
二十四节气就是一串风铃
谁都没法阻止
就像年龄不可能逆生长

渐渐地亲近了许多人
也会疏远不少人
记忆是一艘停靠的船
来来去去地标注熟悉和陌生

还是坚持果敢地生存
沉默与聆听不是唯一的谈吐
握紧星辰的光芒
有时会膜拜于尘埃

想象着像时光一般跃起
留下真身抑或残影

这一年，余生更多相同的细节
在打开，在铺延，在缝补……

第三辑　叹云兮

登　山

总会遇上抑或错过
昨天还是今天
某些人，某些风景

一块顽石等来花开
一排林木迎送微风
野草的表情足够丰富
经由的尘世满是诱惑和孤独
贩夫走卒，隐世高人
踩着各自的符号一路淘金
内心不断构筑天平

不到山巅，眺不到理想的远方
抵达远方的唯一方式
是回到山脚，再一次选择登顶

美丽是引，如此直接
催促着我们的脚步

QQ 好友

突然心血来潮，把 QQ 好友
一个接一个点开，看看他们的空间
回味交识的碎片。从一到多
大家都拥有满满的幸福

偶尔，我又必须狠心地
删掉一些恍恍惚惚的影子
有病逝的，有因意外离开的
删一个，我的心就战栗一次

直到某一天，我被他人删掉
那时就重新申请一个 QQ
把被我删掉的好友再添加一次

颠　倒

坐在空调屋内，皮肤的触觉
会在冬和夏之间神魂颠倒
撇开窗外的风景，无法说清
每一寸光阴的颜色、味道
于是，我们就能把白天说成黑夜
虚无的也能在纸张上描摹得有血有肉
和真的一样丰满诱人。都说走在前进的路上
却是心甘情愿地退到封闭的城堡

两只耳朵里灌满了风，眼睛
被拥挤的汽车尾气蒙了一层膜
看不见，听不清。只有一颗伤痕累累的心
和臃肿的大脑属于自己了
都相信自己是对的，手握神力
这日子过得无比惬意
直到有一天，有人会用死亡翻案
说出大家期待已久的真相

慢生活

一滴慢腾腾的雨，飘落在窗玻璃上
悬空却不曾滑落
就差那么一口气的温度
失去了奔腾入海流的气势

生活偶尔可以慢，慢是一种态度
是一簇赏心悦目的风景
这样的日子，总会吸附众多的灰尘和叹息

时间并非一抓一大把
如果慢得太多，就沦为赶路者
错过了超越的瞬时速度

没有什么可以成为不断慢的理由
选择过多的慢，就是在选择退路
其实我们已经无路可退

回　归

这个年，这些年的年
仅是口头上保持着单纯的向往
我们不入厨房，不动锅碗瓢盆
不穿新衣、戴新帽，不追赶年兽
从一条巷子过渡到另一条巷子
从一个餐桌奔赴另一个餐桌
喧嚣的身后是凌乱的堆积
大红灯笼高高挂着，映红微醺的脸

学会平淡，学会接受
就把激情珍藏在记忆中吧
回到办公桌，回到电脑
回到日复一日的拖泥带水
下一个年关时，和若干怀旧的人一起
结盟，许下三言两语

疾

一面旗帜，在风中噼啪作响
从这里走出去的学生
数不过来。留下来的身影
一二三四五六七八九
凑不齐一场对垒的篮球赛

校园多么安静，能听见
一串接着一串温柔的叹息
来年的秋天，他们会选择告别
心在哪里，梦就追到哪里

谁也不能阻止脚步赶路
那么多的教室就要闲置起来
像是被抽空血液的躯体
耗掉经纶满腹的属望和馈赠

一个退休的老教师
抚着棱角分明的墙砖叨念
"败家子，这学校才返修三年"
吐出一口唾沫，牢牢地黏在砖缝
像是要黏住过往的所有日子

截　断

长势良好的行道树
遮掩了城市狭小的那片天
环卫工人手持电锯把帽子
掀翻。光线再次倾泻到路面上
隐藏的面孔露了出来

这是一个动态的自然事件
我看到的和想到的是不对等的描述
光秃秃的枝干，停驻不下鸟鸣
一群小小的影子
为寻找生活的秘密而奔波

人们粗暴的追赶称得上是一场谋杀
音乐会烟消云散，像是一条河流被拦腰截断
众多干涸的喉咙里暴露出恐惧
栖身在痛苦中。匆匆的脚步
用手遮住敞亮的天空
虚无的处境里，不断衍生怜惜和回忆

轨　迹

一株普通的农作物
破土灌浆脱粒，每一天
都有属于自己的呼吸

一朵娇艳充满笑意的花
从酝酿到绽放到坠落，每一个来回
都能托起风雨雷电的磁场

一群列队的蚂蚁，一行斜飞的大雁
日复一日，年复一年
奔走于黑白冷暖中，意识里独行其是
纷纷打开自行的隧道。平静和慌乱之间
不因惧怕而退避躲闪

蛛网是陈旧的，总有补不完的漏洞
飞蛾是壮烈的，总有用不尽的力
所有挣扎和抗衡不快不慢
创造并等待着抵达，像漫长旅途中的细节
有错过就定会有相遇

抬头能看见天的变化
埋首能窥视地的表情
在日出月落和四季交替中搬运谚语

"一寸光阴一寸金，寸金难买寸光阴"
在属于自己的轨迹中接近
从未虚度

备忘录

我在 4 号车厢 6F 位置入梦
抵达和奔赴。耳朵不属于自己
微信语聊声，手机通话声，窃窃私语声
敞开。把我从一场失眠的汗水中捞出来
看着眼前的世界多么和平
在车厢里筑城池，隔空话桑田。流水不腐
交汇又互不相扰？
坐我对面的老人，给熟睡的老伴轻轻戴上耳塞
担心接下来的一句话会点破禅机

蝌蚪的生活方式

是一群虔诚的信徒
春江水暖之时，思想就复活了
复活在若骨的怀抱中
大地是温床，流水是养液
守住内心的一团火
游弋，或是身处旋涡
把逆来顺受或顺风顺水都看作挑战

生命一团柔软，隐藏不是最佳法则
尾巴是划水的桨，桨断了
就使劲把四肢伸出来
伸到足够长，足够有力
到干燥的空气中走一走
从此，生活就多了一种选择方式

拥　挤

为了孩子入学
家长在夜色晨光里拥挤

城市中间，白天和黑夜拥挤
钢筋和水泥拥挤
菜地和推土机拥挤
脚步和车轮拥挤
疾病和过道拥挤

拥挤得疲惫了，去宽松的村庄
杂草和乡路拥挤
记忆和现实拥挤

心，堵得慌

奢 侈

这个周六的早晨
我也奢侈了一回
悠闲地斜靠在遮阳伞下
饮一杯绿茶，嗑一盘瓜子
望天，嗅风，假寐
守住昨晚的梦境和情话

生活的秘密是忙里偷闲
利用两个小时的时光
屏蔽了世界，包括办公桌上
那摞匪夷所思的材料
以及经过天桥时，看见的
那个乞讨的断臂老人

我还是习惯简单一点

又有朋友打来电话
第一个，第二个，第三个，无数个了
空虚的电话忙碌起来

语音里有着简单的问候，真情还是假意
都不重要了，他们关心的
是朋友圈里的一件大事，一个人"遭"了
在另外一个圈子"遭"了。一荣俱荣
大家曾经炫耀的本钱没有了
就像儿时的玩具丢了，心要痛上一阵子

每一个人都会身处若干个圈子
圈子有时是圈套，圈套多了无处设防
心、肝、脾、胃生出厌倦与绝望
伴随着苦恼、白发、皱纹，身体里的漏洞越来越多
圈里的荣誉和机遇，都是潜在的蛊毒
电话里我听出了声音的裂痕

我还是习惯简单一点，把起舞的掌声
看成擦面的一缕清风。路多了，心更要坚决

相 遇

像一缕光，轻吻着一缕光
像一阵风，撩拨着一阵风

管它是毒药，还是蜜糖
反正是命中注定，我也不躲了
在你我共有的磁场中选择靠近

可以握手共赴江湖的厮杀
可以擦肩而过，两粒尘埃不并轨
当然，允许内心的一次回望
走在彼此零碎的影子中
把错过的追回来，是一场葬礼
或是一次涅槃

岁月终老，但每一场相遇不老
那么轻，那么浓

在 3414 米的高度俯瞰地面

从虚幻的河流、山峦中抽身
我不想拥有让人惶恐的高度
就能看见老家的地面了
那些我曾经仰望的建筑体
簇拥在大沙盘的模具里
像孩子的涂鸦画，比例失调
偶尔挤进绿林、农田
营养不良。瘦削。孤苦

所有托着硬壳的蚂蚁，小得可怜
在奔波，在拥挤。其他动感的生命体
仿佛凭空消失般，无声无息
他们是地面上最正的血统
在钢筋水泥的阴影下，失血过多
丧失了原始的本能。黏在一起
怎么甩也甩不掉

此时，我是一只悬挂的鹰
脱离尘埃，傲世飞翔
时不时擦亮眼睛，审视脚下的一切
似乎忘记了自己的来路和去向

双翼飞累了，飞倦了

终会有停歇的时候，剧情反转
所有的悲与喜重回体内
我又是别人在空中怜惜的冷笑话

在滨江路，和一条毛毛虫相遇

迎面走在晨起的滨江路
我和毛毛虫是擦肩的过客
从各自的巢里出发
寻找生活的亮光。毛毛虫起点较低
他大胆、坚毅或许还带有忧郁恐慌的目光
不疾不徐，保持着锋芒和悲壮
蠕动的脚印是化蛹成蝶之前
一次次奋不顾身地远逐，一不小心
就会遭遇碎骨的疼痛，泥土一般
葬掉前世和今生。我的站位
定要高于毛毛虫的视线
经由着一条自己说不清的线路
多肉的脚掌借助一双双鞋，游走
时时主动或被迫变换着路线
此时，我会把高高迈起的步子轻轻放下
为毛毛虫让开一条路，让他继续奔赴
下一场战斗。我俩谈不上是对立的敌人
甚至有了惺惺相惜的姿态
饶恕了他，就等同于宽恕了自己

致远方

我未能脱俗，向往诗意的远方
我不会选择远行。人到中年
要遵从现实的可靠性
妻儿老小是自己的江山
进一寸锋芒小露，退一尺柔情似水
应该懂得谅解和遗忘
厘清物质与精神的方向
舍弃即为拥有，做一颗铁了心的钉子
钉牢眼前这座同甘共苦的巢穴
雷打不动，雨浇不灭

远 行

一张火车票的厚度能垫高 17 岁稚嫩的梦想
像仗剑的侠客，孤身从渝西的一个城市出发
经过贵州，湖南，江西。一天两晚的光阴
被拉伸成一根扭曲的线条
沿途的村庄和城市是线上绾的一个个活结
上面结满鸡鸣狗吠、跳跃的星光、醉倒的炊烟
透过车窗望一望，擦肩的缘分尽收眼底

飞速前行的火车多么像是一把上膛的枪
压满了结实的子弹。我的 17 岁，就是其中一枚
当目标出现，我被毫不犹豫地射发出去
降落在浙江金华西的一个红砖厂
两把笨重的砖钳，收留了双眼的疲惫

作茧自缚

我最大的优点和缺点
就是习惯于三缄其口
如果痛了，不会喊出声来
太多的痛让我麻木
如果幸福了，也不会沾沾自喜
幸福之余要为迎接痛排兵列阵

也曾梦想做一只高飞的鹰
被时光的火焰灼烧过一次、两次
已经记不清楚了，就蜷缩着身体
做一只食桑的蚕
默默地吐丝，把自己包裹起来

就当是作茧自缚吧。痛有多深
幸福就有多深

不留遗憾

我偶尔喜欢离经叛道
比如一次次远行
我偶尔喜欢墨守成规
比如安放在记忆中的稻田
我在遗憾中远行，远方太远
稻田随心所欲繁衍出有名无姓的花草
太多的记忆来不及打理这片荒芜
就让它们继续发疯似的长着
漫过脚背，绕着肚腹，攀上双肩，遮掩黑发
我终究是个幸福的人。原路返回
不带一丁点儿遗憾回到记忆的巢穴
错过的时间进入体内，共枕

种　草

母亲在城里讨了份种草的活
用起早贪黑的时间看护
汗水流了很多，那些娇滴滴的草
总是提不起精神
散乱的头发致敬日月星辰
每每回到家的她，和多年前一样
习惯点评，自己的一亩三分地
更多的是疑惑不解
为啥乡下随意扎根的草长势十足，锋芒毕露
城里的给予万千宠爱呵护
却依然是瘦骨嶙峋，弱不禁风
说这话的时候，母亲担忧的目光
看了看我那五岁的儿子

症　结

几颗躁动的心，像堆在一起的干柴火
轻易被空气中过重的火星点燃
呱呱呱，沸水般唾沫横飞
谈单位和工作，谈家庭和生活，谈孩子和未来
火越烧越旺，像结仇般喷薄出
现实和时光亏欠了自己的诸多不满

拄着拐杖的二伯爷伸过一只断指的手
拍了拍几个瞪眼红脸的后辈
"你几个傻娃儿，做人要学着朝前看"
所有的聒噪像是被扇了一耳光
停下来，检讨

二伯爷的故事善于修补缺口
在旁人未知和犹豫间，化不幸为动力
与土地恋爱，与动植物谈情
调理生活的酸苦和哀怨，常逢喜事

真应该忘掉那些不愉快
让太阳明亮的光线射进阴暗的空间
行旅的足迹，会遇上一拨又一拨甜

后遗症

两个黑黢黢的男人
两棵落了叶的苦楝树
已经临近春天，抽不出希望的枝

在过去的若干年
一群黑色的呼吸黑色的汗渍黑色的肤色
把黑色的双脚扎进了黑色的煤窑中
暗无天日，心中装满了光明

这一群黑色，大部分成了过去式
剩下两个黑黢黢的男人
一口又一口抽着沉闷的纸烟
踩着煤矸石堆，踩着工友们的尸骨
（这里刚发生过一场矿难）
小心地痛着

禁止开采，黑夜中一盏灯灭了
一条路没有了花环
一场梦没有了睡眠
一桌好菜失去了烟火
一堵坚硬的城墙失去了依靠

两个黑黢黢的男人

两棵落了叶的苦楝树
烧疼一支支纸烟
眼泪，被烟灰烫得沸腾
纠结掌心和家的距离

清 理

把空间腾出来
把时间放进去
众多积压的灰尘
像回忆加载在身
一些散落的药丸
外加一些过期的糖果
聚在一起
密谋人生的褶皱
爱过甜过抑或痛过苦过
微微出神，以好心情做抹布
做一次道别。我心待明天
保持禅坐的姿态

走得太快

天亮了，一群披麻戴孝的人
挤在一串大大小小的车上

棺材被绑架，扔在一辆车的货斗里
生与死、阴和阳
红绿灯前一起等了九十秒
放开速度，继续奔走如箭

本应有震天的哭声和化不开的哀怨
被沿途的喧嚣覆盖和追赶。悲痛的锣鼓唢呐
一晃而过，像一枚小石子
被城市的风轻轻一吹，就消失了踪影

所有人，突然怀想起乡下的慢
和那群手捧龙杠的抬棺人

观　演

铁打的汉子，游走的草根艺人
在舞台上拉纤，拉着观众回忆的虚空
嘿呦嘿呦。铁的成分已经减少
或者说只剩下铁锈部分
多年不握锄挥镰，那缕泥腥味正在远去
我们封存了他们农姓的名字
聚焦于舞台的灯光下，像流窜的风景
进入众人的梦境。灯光的暗影之下一片狼藉
像极了手把手呵护过的稻田
承受昨日今夜，无法回避风吹雨打

收藏品展览

从一个地方移步到另一个地方
死后重生。若干朝代簇在一起
和谈，了却纷争
统一用哑语的形式讲述
少为人知的昨天，昨天，昨天
我看得很认真，像拥有读心术一样
试图发掘蛛丝马迹
但不敢伸手触摸，我可不想
与过去握手，这样难免会拔不出来

夜 读

我建起一个城堡，避开了风声
在夜色中寻到自己的影子
顺着那参差排列的脚印
打开一个世界。我是贪心者
把眼前的财富据为己有

我终于听到了声音
是一场盟约，从字里行间泛出来
这时书页上有美人在跳舞
她止不住内心的亢奋，为我献身

这一夜，我把她视作我的情人
与她促膝长谈。这一谈
就成了避不开的习惯
成百上千个夜晚，都与她相约
苦思的结，终于一个接着一个打开

时光在前，我在后

我又漏掉身体里的光
依然是无处缝补
我悲泣着，迎合着，数落着
一天接着一天，一年顺着一年
像是拾荒者捡起厚厚的镜片
这不该存在的存在
看不清眼前极端微妙的一切

我用码字的方式喋喋不休
却不曾说出口
所有的经历累积下来
在瘦削的腰间缠了一圈又一圈
同路的人在追赶
我手捧一杯凉白开留在原地
我是一个多么臃肿的人

一切都会被无限拉长
延缓了身体应有的速度
我漏掉太多的光，就会感受莫名的空虚

幸福 （一）

我的幸福触手可及
同时拥有两个神圣的称谓
生人或是亡灵。兰采勇横在中间
像负荷的扁担，挑起日月
白与黑

谁拥有我的真身
也会葬掉我的真身
睁眼或是闭眼
宇宙都会为我颤抖

幸福（二）

把手机屏幕关了
把头从夜色的肿胀中抽出来
做一个积极完整的人
大街小巷深处有琴声
我们幸福的脚步，多么富有

尽情享受一场接一场的赠予
该有的回礼，不能缺少

自画像

每天早晨，我对着镜子
看着眼前满脸胡楂的男人
遗忘了童年的风景、梦中的哈欠
心生怜惜。若干段时月
未曾做一回真正的自己

一支充满诗情的笔
渐渐改变形象，完成对自己的阻碍
为形而上学的事所累
恒久，简单而又无力
真想手持一把利剑
斩断昨与今之间的妖风

一不小心，背后揭了别人的伤疤

不习惯在人前人后说三道四
这次没忍住，酒过三巡
我们这一帮坏人，用聊叙的时光
翻开了一个人的伤痛。掐住回忆
那个叫萍的女孩，十五岁含苞
十八岁怒放，用一场撕心的疼痛
为自己赢得母亲的荣誉和罪过
用爱的形式传递幸福，又一朵十五岁的花
长成生动的轮廓。来不及怒放
凋谢了（我们把沉甸甸的死说得轻飘飘）
三年后，她身体里揣了一颗种子
一不小心溜走了。又三年
她赔上沉默和小心，命运却是畸形的
像那个还未出世的孩子
说到这，一大桌子齐齐一声长叹
纷纷端起酒杯解渴。这么长的伤疤
被我们以隐秘的方式挑起
谁也轻松不起来

跪

我还在想着那个面容姣好的女孩
惹人垂怜。在立交桥的寒风中
穿朴素的衣服，一声不吭
比行走的多数思维要矮那么一点点
她是跪着的，只为求得三五元
为风尘仆仆的旅途充饥

我不知道，三五元能解决多少饥饿的日子
上顿有了着落，下顿又在何处
更不知道是什么磨难，让她把面容和尊严放得那么低
放在了迷乱的异乡。我也是挨过饿的人
现在除了同情，还触动了某根心弦
真不敢直视她那无助的眼神

害怕被她窥视到我的过往
慌慌张张递上百元钞票
路人甲和路人乙对我耳语
这是个骗局。我还是不相信
眼前这个面容姣好的女孩
会为几个包子，放下膝盖和青春
在寒风中长跪不起

进退之间

在这个大城市住得久了
留给脚步的空间越来越少
人行道上摆摊设点沿途叫卖
公路上车辆如蜗牛爬行
所有人走得很急，依然是寸步难行
时间的潮水，会在瞬间
淹没喉咙里的欲望
对着天空一声吼，吐出一口浊气

喧嚣，是破铜烂铁的合奏曲
所有人麻木于快与慢的界限
学会在车辆的缝隙中擦身而过
学会在公交车停靠的瞬间
把吃奶的劲用上，挤进最后的一寸空间

时代的车轮滚滚向前
城市的影子不断退后
人们在进退之间，功能退化

寺 庙

不加定语，无须后缀
隐在深山老林
或是簇在山巅
远离人间，却不曾远离烟火

因为佛的存在，脚下的路就存在
敬畏和跪拜的方向也跟着存在
石刻的真身抑或铜镀的肌理
千百年来，都是一副老成持重的表情
呼唤幻影与实诚。世人难解
仍阻止不了，前赴后继地求取光芒

虚与实

不要说我健忘。有过太多相识的人
在转身的时候就会遗忘
比如一次聚会

不要说我虚伪。说过太多雷同的话
在苏醒的时候就会失忆
比如一场酒宴

书房里横七竖八，总有一些读本
被束之高阁。曾经刻骨铭心
现在风轻云淡

孤独自古就有，喧嚣不是良药
互相靠近时也会互相放弃

存在的不一定都是真理
错过的兴许成为归宿

三分钟

站台前两人三分钟的注视
足以温暖所有观望的双眼

一想到我浪费了那么多三分钟
我就羞愧。在时间的褶皱里
虚无的富有在作祟，磨掉期许
颓废成空气和尘土

试着想一想，如果仅有三分钟能虚度
没办法偿还所有亏欠
心少了慌和乱，集中意念
用一分钟抽丝剥茧
用一分钟刻下脸型身段
用一分钟隐住泪水

这里间藏着命运。能否看到想到负载
是很好的一次救赎
争分，惜秒
就能握手一个圆满

同样的

昨天和明天
同样的长短用秒针丈量
同样的日升月落，由白与黑交叉感染
做着同样的事情
穿衣吃饭工作，睡觉梦游打喷嚏
同样的青春和雨水……同样的太多
多得数不清哟，同样的向前迈步

哦，迈到同样的步履蹒跚，老和死
就谦逊一点吧。何必长吁短叹，挑三拣四

眼镜下的一切

我戴着一副变色眼镜
心里很亮堂。所有都在眼里过滤

早起的街道一大堆人围观
注定有人怂恿他人深陷
一副残棋，像垂钓的禅意
靠上去会忽略贪多必失的道理

匆忙之间挤上公交车的人习惯奔跑
飘过来的目光在躲闪中标注路过
叽叽喳喳的叫卖声为生计呐喊

都在情不自禁地选择为时间折腰
疼痛和道路，会引发诸多烦躁的喉咙

我应该是他们其中一人
眼镜让我看得真实和清晰
偶尔取下一回，像是重新回到一无所有
为这个决定感到惊讶
减少了很多揪心。眼前的路走得更不顺畅

月　亮

其实，月光是天空漏下的窟窿
窟窿太大，能装进天下万物
人的眼睛里有月亮
月亮的胸膛上就贴着人的影子

明晃晃的月亮只有一个
无论从哪个角度看过去
还是从哪个朝代看过来
阴晴圆缺少不了
看多了，就会区分彼此
心也会界定出远近，直至
牵挂月光下的寂寞和黑暗

你好，停电时光

太阳落山。电停了
不可预料的一场事故
没有习惯储存光

所有的光归结于黑暗
就像花朵归结于凋落
立体城市，变成平面图形
妖娆的身体收拢
散漫的脚步回归
所有时光停下了匆忙
亲情的河床上升
重新认识吧，像回到襁褓的年龄

这一幕好熟悉，久违的记忆
都不着急长大或走开

自律书

生活在一个好时代
现实中不是没有伤害
喝一场无辜的酒
握一双陌生的手
道行太浅，没有阻止刺的锋芒
拖着受损的皮囊回到疲倦的心里

如果我能选择，绝不会带剑出行
而是蜷缩在自己温柔的小圈子
像一只蜗牛，背负沉重和慢动作
整条路都是我脚下的时光
食月光，饮甘泉

不误终生，不扯大旗
允许残缺和遗漏
把能走的路认真走一遍
没有结局的故事是最好的结局

喝　酒

举杯，微醺
呼吸是长短不一的诗

再喝一点，会跌进旋涡
魔鬼在里面招手
荒唐惊悚的想法正在堆积

再喝一点，那就是毒药
距离死神一步之遥

我瘦弱的身体经不起灼烧的烈火
真正的酒，应该是兄弟和朋友

公 仆

认真数一数，这些温暖的名字
焦裕禄、孔繁森、郑培民、任长霞
牛玉儒、祁爱群、王瑛、杨善洲……
一个接着一个走了，义无反顾地走了
走出生命的亮色。每一步都是扎扎实实的

身体走了，灵魂没有走，情怀没有走
爱民亲民勤政廉政的信念没有走
是一盏灯，绚烂出灼热的光
是一滴水，融入海洋能搅起波澜
是一把剑，刺穿黑暗挑净所有溃疡

走了，身后有无数的人沿着足迹
一路追随。更多的人怀揣着感恩的心
嗅到生活的芬芳，拥有深入骨髓的幸福

走了，留下的体温和重量
足够人们细品和掂量

天　论

人在做，天在看
天是个看不到边的锅盖
盖住所有的生命
入情入理，入心入肺
小时候听着母亲的土话，循规蹈矩
把犯错的小心思灭在火星迸发之前

这话营养十足，喂养着心宽体胖的我
长大。对上天的崇敬有了收敛
身边的天更多，相濡以沫的老百姓
是一面面能穿透我身体的镜子

感谢这些镜子的较真，我无须抵抗
一寸一寸地触摸，感知手心的温度和脉搏
侧耳听，里面涌动着潮声
能托着时光的脚步走，也能颠覆所有的丑

伪　装

有的人，在台前是人
在台后是鬼。如此深陷的伪装
隐去公仆的理想和誓言
给余生铺设了一条不归路

都说群众的眼睛雪亮
所有的隐藏都是苍白的，透明的
注定是在劫难逃。从台上摔入尘埃
身体没有重量，深渊里没有阳光

走过的足迹成了毒瘤
被深挖，被剔除，被群众诅咒
那丰满的肉体呢，那倔强的骨头呢
最终都会被嗤之以鼻，被践踏

晚　了

永远不会存在漏网之鱼
莫伸手，伸手必被抓

千篇一律的情节，因为贪腐
葬送了自由和生命。看见落日和悲凉
泪水滂沱，覆盖了眼前的所有
一切都是浮云，空，无一物

晚了！陷得太深
不是小孩子了，流点泪
就能换取母亲的同情和呵护

应该清楚自己的告别。经历
不一定都是财富

行走的光影

每一个人，拥有相似的行踪
把童年肢解成懵懂和追逐
待与花季雨季相遇后，成年礼
把所有人都交给诱惑，接受时光的驱使
一场有悬念的争斗
在身体里里外外重复和叠加

远方、未来和命运交织成网
毒瘤和暗疮，是夜色里的萤火虫
照亮某些肆意前行的轨迹
错过一次，背离越远。遥远到
身边熟悉的眼神猜不透纷繁的情节

不忘初心。懂得感恩庄稼和汗水
牢记自己出发的地方
简简单单，不吝啬付出，也不计较获取
以敬畏和虔诚的姿态，心向光明

心向光明，幸福保持本色
洗涤尘世中混乱的灵魂
挺直脊梁，走过路过的光影里
脚下的人生不会感到匆忙和凌乱

蛀 虫

最初的渴求，想在夹缝里
寻找栖身之所。渗入一点
再渗入一点，一切有如深陷
把自己眼前花枝招展的世界渗入黑暗
就找不到回家的路了。眼盲，耳盲，心盲
绝缘尘世的声音，所有的光与影
臃肿于一身，不想动弹

习惯在黑暗的安乐窝里困守着
光亮总会透进来。无限的慌乱和悔恨
逃不过斧头的锋刃轻轻一劈

在路上

有些道理就像一门响鼓
不用重锤也能发声
比如"水不流则腐，官不廉则败"
贪腐之心好比蚂蚁嗜食
再坚硬的骨头，也会掏空最后一滴油
所以不要着急赶路，更不要
迷恋与己无关的风景
时间会给离经叛道的甲乙丙狠狠一耳光

走属于自己的路，脚步放缓
步履从容。总会有垂青的光芒
在转角处等着你
能教你看清楚来路和归途
所有的财富和幸福
无非就是求个心安理得

尘世生活

请告诉我，人这一辈子
到底应该追逐什么
谁都喜欢鲜花掌声，还有一世名望
抑或再小我一点
睡觉时不怕床塌
吃饭时不虑食哽
走路时不遇唾液诅咒
芒在后，拥有疼痛的警醒和药效

闲时读老书《仕赢学》
书页的字迹永远不厌不旧
心安一宿是焰火
心安一辈子才是星光

人生大舞台

唱念做打，嬉笑怒骂，悲欢离合
人生大舞台，我们是自己的帝王将相
情理法上前把脉支着
用日月的药剂煨来路和归途

不戴面具，不唱假声，不演丑角
如果悲苦，就擦亮尘土的光芒
如果富贵，就守好自己的城墙
用简单的台词对白
慎用假大空埋下虚无的伏笔
从高处塌下来
会承接千秋万代的唏嘘和咒骂

干脆守口如瓶。让无良的欲念
自动消磨，可爱得渺小
会在某时间赢取掌声
波涛滚过之后，前方的幕布
又会徐徐展开
精彩剧情轮番上演

世间存在许多矛盾

爱像牢笼，厌如缺口
神经质一般置于爱与厌的空间
絮絮叨叨，絮絮叨叨
我爱啊，我厌啊
故乡的贫与富
城市的穿梭和拥堵
植入了多少爱与厌
也会遗漏下同等的厌与爱
像恨铁不成钢，众口难调的一道菜

把自己调理成一个包容之人
犹如结茧的蚕，习惯以时光之匕
戳向自己的痛处
装满爱和厌，溢出来的泪滴
溅湿全身

正在老去

颤巍巍的白色
犹如起伏的丘陵
目光抵达之处多么深情
一切都是美丽妖娆的

有过波澜，有过闪电
有过追星逐月的梦幻
脚步收回来
簇拥在冬天的阳光下
血管里向往春天的潮水

他们相互依偎着
情感的导火索一点即燃
蜷缩的记忆散开
娓娓道来的言语中
隐忍与冲动，幸福和悲痛
迫使自己再一次经历目睹

小心翼翼颐养时光
似在打开一壶窖藏
害怕遗漏了其中一滴

孤独的风箱

每个城市都是一个风箱
所有人拥挤在密匝的空间
拉扯，内心的哼声鼓胀沉闷

永远都是这样。充满敬畏又时常抱怨
手持小刀，抑或用牙咬
在风箱壁上钻孔，想逃离

会遇上昨天的自己
失聪，失明，失语
迈出的步子缩到风箱里
继续与时间拔河

总会老去

所有的奔跑赢不了时间
翅膀还在，方向就在
一个转身的距离
白发和咳嗽在等我

奔跑在看风景的路上
自己就是风景的一部分
弯一下腰，汗水掉落
直立起来的概率只有一半

珍惜自己的有限
好面容是一个时代的烙印
无法后退的一寸光阴在额前拂动
我要学会执着地抗争
赢取一场絮絮叨叨的交谈

就让自己慢吞吞地老去
留下影子，打量年轻的世界